科學家—蓋玻片　　陳柏煜

知識真是種奇怪的東西！一旦占據你的腦海，就像附著在石頭上的青苔那樣，緊緊黏住不放。我但願能偶爾甩開一切思緒和感受，而我知道只有一個辦法可以擺脫痛苦，那就是死亡——我既害怕又不理解的一種狀態。我欽慕高貴的品德與美好的感受，喜愛這一家人文雅的舉止和親切的性格，但是我被排拒在外，無法跟他們交流，只能暗地裡偷偷觀察他們。

——瑪莉・雪萊，《科學怪人》

陳柏煜

一九九三年生，台北人，政大英文系畢業。木樓合唱團歌者與鋼琴排練。曾獲林榮三新詩獎、雲門「流浪者計畫」、文化部青年創作獎勵。作品入選《九歌 107 年小說選》、《九歌 108 年散文選》。著有詩集《陳柏煜詩集 mini me》，散文集《弄泡泡的人》。

我是如何失去與生俱來的天賦

我們一般認識的盲點大致分為三種。第一種是生理學的。脊椎動物的視網膜神經束匯集中心，因為沒有感光細胞，不能感測視覺。不過這個區域能被另一隻眼睛的視域補足，因此日常生活中基本上不會特別留意。第二種是交通的。這是為什麼我們總被提醒，駕駛運用後視鏡與側視鏡時仍有無法避免的死角。第三種是譬喻的，「您的論述有致命性的盲點」、「摻雜了感情因素，他的判斷畢竟仍有盲點」，諸如此類。

小時候的我看不見樹上的鳥——我想應該不屬於上述情形。必須說明的是，我並不是看不見鳥，而是看不見樹上的鳥。落角鐵皮屋頂的麻雀、屋簷為家的燕子，我都看得見。（假想，有一種人病得比我再嚴重一點，單單看不見所有稱之為「鳥」的物種，那有多恐怖。想想甚至比看得見更多什麼的靈異體質還不舒服啊！）

因此，飛出樹冠的藍鵲是看得見的。叼著蚯蚓飛過的黑冠麻鷺也是。白天與黑夜的天空是牠們白與黑的襯底。藍襯底的鳥像張漂亮郵票。

我也曾想過，大概是我的眼力特別差吧，於是暗自做了簡單的測驗。我發現，拒絕被我看見的，確實只有鳥。我能成功辨識出樹上松鼠的位置，就連變色龍也不成問題（我趁參觀動物園的時候把握了機會）。結果使我更加困惑了。

為什麼就是看不見那些鳥？對大家簡單到理所當然的事，為什麼我就是辦不到呢？心裡一直帶著這樣的疑問，卻始終找不到方法解決。對辦得到的人來說，這困擾簡直無關痛癢。不過就是鳥嘛。當別人稱讚我如何聰明、可愛、用功時，只有我自己明白，有那麼一件事，別人都做得到而我不。我甚至迷上這個「生在檯面下的小疙瘩」，不時暗中撫觸。

無論稱呼它為「缺陷」或「失敗」或許都太嚴重了。但伴隨它，一股莫名奇妙的羞恥感，讓我隱隱知道，最好還是乖乖閉上嘴為妙。基於禮貌與顧忌，我沒有和爸爸媽媽坦承此事。

懷著祕密安全的長大，我學會在其他小朋友和我指出「看！白頭翁耶」時，模稜兩可的附和；真有人死纏爛打的繼續話題，我好幾次惱羞成怒。同學漸漸知道我的怪脾氣，但普遍的理解是，我對大自然完全不感興趣。這樣也好。

「看不見樹上的鳥」不是什麼足以影響生活的阻礙（況且沒事盯著樹的機會也不多吧！），久而久之，我也不放在心上了。就像過了迷戀期，藏在抽屜裡的小玩意，彈力球、好看的鈕扣之類。

✤

「看見樹上的鳥」，是在一瞬間發生的。事情發生在十九歲，我住進大學山上宿舍的那年。

但故事到此為止。我有意識地阻止自己開始營造情節，雖然上面這句話，似乎是個很有趣的起頭。一方面，我挺滿意上一段文章就事論事、話說完就走人的敘述風格，一方面我得盡量降低事情本身的戲劇性，以免讓人誤會「見與不見」之間存在因果關係。高估此事的重要性更是完全沒有必要。

「有一天，我可以看見樹上的鳥了。」這是我唯一想要交代的一句話。

可是這句話並不是以一個拉炮慶祝的歡樂口吻說出的。因此或許還是容我掐頭去尾，描述一下發生的現場。地點：後山通往山腰小廟的路上。時間：接近正午。人物：睡過頭於是沒去上課的我。

樹林像洗車隧道中的滾輪激烈地捲動，因為沒有感受到人身安全受威脅，我驚嘆的看著這些小型龍捲風。我停在那裡，就像等著通過隧道。我停在那裡，就像等著老師把黑板上寫滿的字飛快地擦拭乾淨。

可是就在那些動態的樹中，我看見牠也停在那裡，動也不動，彷彿牠是個學生，而我是隨時就會被抹去的句子或圖表。牠看著我。不知道可不可以這麼說：就像交通號誌那樣，中性而公正地看我。

然後我意識到，那是一隻樹上的鳥。

突然獲得看得見的資格，照理來說應該要讓我有種，「終於將那個缺角的地方著色了」這樣的暢快，或至少是學會一種新技能的滿足吧？——可惜這兩種感覺都沒有出現。我反而想起了，那些小時候認為一定會完成、現在卻早已荒廢的志向。

科學家。畫家。服裝設計師。建築設計師。鋼琴家。還有，還有。

它們凝聚成那隻鳥，在層層翻滾的綠浪中看著我。

回到宿舍，我在筆記本寫下這則笨拙、略顯感情用事的寓言故事：

〈我是如何失去與生俱來的天賦〉

漫遊森林時，一座巨大的綠色城堡突然擋在騎士面前。城堡主人從綠門後出現，邀請他進門用餐。吃飽喝足後騎士提出參觀城堡的請求。主人答應了，條件是每打開一扇門，訪客就必須留下一件物品，作為禮物。「再微不足道的東西都能被接受，這是城堡的規定。」騎士同意。於是主人帶領他，參觀了沉思室、圖書館、交誼廳。起先騎士十分大方地放棄矛、靴子、頭盔，不感到絲毫可惜。但在進入第十個房間後，騎士了解到要窮盡整座城堡是不可能的。每扇門後，仍摺疊了無數的廳堂與密室；他身上擁有的已所剩無幾。騎士盤點了失去與留住的財產。剛好足夠他離開森林。騎士於是向主人告辭。

小鋼琴

音樂教室教學用的琴房有三間，每位老師都有他們專屬（或習慣）的一間，就好像貝類有牠們的殼，又或者動物園裡紅鶴之於牠們綠色的水池與假山造景，我們很難將他們分開來思考。第一間琴房在最外側，能夠直接採光，鉛筆、節拍器、甚至裡頭的人、頭髮的細節都異常清晰，鋼琴、人和音樂都是陽臺邊輕微擺動的植物。第二間，牆與門特別的白，琴蓋上鋪白蕾絲，琴聲也是白蕾絲，女老師喜歡穿淺色洋裝，所有上課的小孩子背都直挺挺的。進門數來第三間，窄小、三角形格局，牆上貼滿黃褐色吸音棉，其中一面是落地透明玻璃，旁邊接著音樂教室的櫃臺。這是我上課的琴房，可能因為又窄又暗，還足夠魔法的菌絲生長不致失效。那面落地窗讓我很在意。想到在裡頭上課，就像櫥窗裡擺設好的人型模特兒，或是牆上複製畫裡彈琴的少女，讓我有種奇異的感覺：它像超市生鮮商品緊緻的保鮮膜包覆我，我有點喜愛這種能夠半透氣的看穿。

我的鋼琴老師是個女高音，說話也唱歌似的。長大一些，知道她是新疆人（也就是某種外地人），這或許能說明為什麼在我耳裡，字詞被她說出時都有異常而美好的質地。不僅是她的溫柔更是她聲音的悅耳，讓我特別聽她的話。後來，我們全家去聽老師的獨唱會，一首她唱了小白菜，一個多舛小孩兒的心事，唱得我心裡都黃了枯了，想掉眼淚，又怕給大人笑，小小年紀能懂甚麼辛酸，僵持在座位上，覺得自己也是株沒人心疼的小白菜。妹妹後來也給她教，也喜愛她，卻是因為她長得像那時妹妹迷戀的電影女主角。這個小祕密妹妹長大了都不許別人說。

我的第一本鋼琴譜，和許多人一樣 —— 是橫式的、偏黃的紙，印了幾行放大的五線譜，上方是不成比例的版畫插圖。開始每首曲子前，老師都會帶我看那些圖，要我說說在裡面看見了什麼。我不會說，她就說給我聽。大多時候，我死命閉著嘴瞪大眼睛，在她的帶引下神遊其中，也看她白皮膚、透出青青血管的手伸到我的胸前，示範紙上的音樂。像一朵展開來的紙鶴，她的手肘、手臂放鬆地移動 —— 我不知道自己為什麼感到害羞，只記得自己不自覺把椅子往後移了又移，不敢呼吸。儘管如此，那些圖畫還是令我極為著迷，甚至忘了窘迫。我合理懷疑自己是看著那些圖畫彈出了我最初的幾個音符。那些極簡單的旋律不記得了，但我記得油墨暈開、細線條的小溪、農村，還有老師原子筆輕輕劃過的足跡。

小學放學得早，大中午一半低年級學生會從教室一湧而出。我和我們路隊的同學（我們輪流保管黃色的路隊旗）在十字路口鳥獸散，回家、去

安親班，我到音樂教室練琴等爸媽下班。

我生來喜歡鋼琴這樂器，說不明白原因，因此我也無法同理一些不喜愛它的孩子的感受。一天，我問妹妹：「鋼琴這麼好，爲什麼你不喜歡呢？」她回答：「或許吧。但爲什麼我一定要喜歡呢？」我登時語塞——但這怎麼可能呢——可是我似乎又長大了一些。那幾公分或幾公斤的改變在於：離開那個，最初的小小孩們固執認定彼此同在小天地，一個一樣快樂一樣哀愁的小宇宙。

直到現在，我無法想像其它可能，度過那些彷彿沒有盡頭的童年午後。我窩在琴房，把它當作自己的小巢。小時候身體小，在小空間裡能感到安全，我也喜歡躲在被子裡，通過它顏色迷茫的光玩遊戲，流著汗像隻鑽過潮濕洞穴的蚯蚓，想想是同樣的道理。房間與巢的區別在於，環境本身的重要性，連書包、上一個小孩忘了帶的琴譜都有它們該在的位置；未經這隻小獸的允許一切是不容更改的——他會不厭其煩地回復那些理想的位置。

練琴到一半，有時像隻小狗趴到鋼琴底下的地板上，鍵盤成了這地下屋的屋頂。因爲光著腳丫子，地毯纖維的觸感，以及踏板的冰涼（如果我夠努力去搆到它的話）不知覺間滲進曲子的編織，難以抽替出來。有些作品發熱、酸痛、飢餓、潮濕——像海灘散步無意留下的曬痕或跑進鞋襪裡的沙粒——並不來自音樂本身召喚的感觸，而是其他感官無意收進的音響。

有時邊彈琴邊發呆，有時把下巴放在琴蓋上，看著自己黑黝黝的倒影想事情。那時的我還沒有接觸文學和寫作，所有新的曲子對我非常重要──即使後來的樂譜沒有插圖了，它們還是不斷擴張我幻想的景深，一段又接上一段沒有底站的鐵軌；沒聽過的音樂在繭一般琴房的白牆鑿開許多門，我不只用耳朵竊聽門另一邊的動靜，從門縫底下偷看是誰的腳經過而不停下來，我會小心打開門，只伸出手到另一邊觸碰他們，並記憶那些肌肉運動的方式⋯⋯。小時候大多的曲子至今我仍能默背出來。

我和音樂教室櫃臺接電話的姐姐和收學費的阿姨熟絡，她們或許認為我古怪可愛，她們或許需要在單調的工作中，找一些能分心的樂子打發時間。我喜歡看她們蓋藍色印泥的收費章，我習慣自己一次蓋完一排。我喜歡聽她們拿出鑰匙泠泠作響，輕碰冰涼玻璃櫃的聲音。櫃子裡面擺滿各種累積點數兌換的禮物，那就是孩子們魂牽夢縈的精品店了。不過，會開始與她們打交道，是因為我常和她們借書架上的其它樂譜。我對它們的顏色和擺放順序都非常熟，像熟悉家裡魚缸中養的每一條金魚。

我總是假裝無意走過所有的琴房（他們不會留心你這樣的小孩子），偷看是什麼樣的人在裡頭彈琴，然後把他們習慣的琴房記起來；他們像租屋的房客。我喜歡看他們偷懶，看裡面發生的戲碼。有一次，我看到一個女孩若無其事讀著譜，手卻在底下和一旁的男孩牽著，我有點明白又有點不確定這是什麼樣的情況，整個下午沒法專心。雖說如此，我的初衷其實只為偷聽他們彈琴。別的房間流溢出不認識的旋律，讓我既羨慕

又著迷。不知道是因為那些陌生的人還是他們所彈的曲子，每一個句子都新鮮極了。我在書架裡尋找那些一閃即逝的背影，一本接著一本半讀半彈，下午時光就花光了。

其他孩子的下午是怎麼度過的呢？這幾乎是一件神祕透頂的事情。我的朋友們從來沒有分享過這樣的話題。（這一堆小棋子完成一局後，就只是收起來，等待隔天再重新擺一次新局。）我對這樣的事情也不大熱衷。直到一個大熱天的下午，我的幾個好朋友相約去打躲避球，他們或許知道我下午總有安排，就沒和我說。不巧讓我知道了，我驕傲得不願說出自己也想參加的念頭，在音樂教室，一個下午沒法坐定下來。這是我第一次感到孤獨與妒嫉。

可喜的是，其餘的時候都是愉快的。尤其是每一本樂譜被用完時刻。由厚到薄逐漸減少，最後，我會看著老師把它闔上，離開琴房，去我所熟悉的書架挑樂譜。貼在玻璃偷看，她的手放在哪個位置上？我緊張又興奮，手都冒汗了。然後她會走進來，帶著一本封皮嶄新、書頁硬挺的樂譜。我假裝沒有見過它，做出一陣困惑交雜幸福的表情，在心底卻感到勝利，和這個老朋友交換一個有默契的眼神。

漸漸在這裡有了名氣。由於我進步得快，下午又鐘錶般準時出現，在一些大人之間——他們多半有和我年齡相仿的小孩——就口耳相傳起來。有時我在琴房外的貼皮木桌上和其他小孩寫作業，有時透過琴房方型的

玻璃看他們來來往往，接孩子，忙亂卻不忘和其他家長聊上幾句。話頭離不開孩子，逃得快的小子早躲了去，被逮住的只好忸忸不安地在原地聽自己被用第三人稱品頭論足。大人喜歡湊到門邊看我彈琴，也拉他們不情願的孩子一起看。看完我的「表演」，那些孩子就要遭殃了。父母恨鐵不成鋼，指責孩子偷懶、不成材；孩子認為父母功利計較，甚至當自己成了別人家的孩子。於是，他們開展一場持續至成年期的對峙。他們不知道這樣虛幻的夢想是幸福的。

很多孩子和我是親密的好朋友，不愛練琴，這也沒什麼。我們會在琴房裡說悄悄話或瞎起鬨：什麼事情都很了不得，而且需要開會討論。視情況，我們會去祕密基地，音樂教室的地下室。開門就衝出厚重的霉味，紅色地氈赤腳踏上去永遠潮潮的，像短而韌的草，這地底洞穴裡要是冒出石筍鐘乳也不奇怪。從前是勞作教室，多年沒再使用，白板還有很多隨意擺放的桌椅留著——孩子最愛這些可以任意變造的地形，他們變造它然後進入彼此約定好的情節。最幸福的時刻是和同伴一同躲進那些桌椅圍出的堡壘，並且偷看其他同伴經過時他們的腳趾頭。

我們的分身，都還留在地下室裡，擴建它，直到它來到每個我們行走過的地下。在地上受了陽光，身體就變大了。這是後來的事。孩子也有分開的時候。我一個人在房間練琴，感覺大人們來了，幾乎貼著玻璃，黑壓壓的陰影山一樣堆疊，我的身上停滿了他們收起翅膀的視線，他們對彼此輕呼：「神童啊，神童……」即使他們彷彿是從另一個時間窺探我，我仍被鼓舞了，彈得越發起勁。有時我對自己這樣的反應感到羞恥。

大人們不會因此感到更快樂，而是在與孩子、與其他家長的交鋒中感到挫敗。但這些我並不太在意。我的罪惡感來自於我的同伴，因為和我比較而被教訓的同伴——我享受著，看起來一定是驕傲極了，好像關起房門一切與我無關。如果是我，我一定不願和這樣的孩子來往。但我的同伴不是如此，甚至，他們用帶有微微歉意的笑容，和我一起等待大人們結束他們的聚會，一起分享脆脆的豬耳朵餅乾。

科學家

我記得趴在棉被上心滿意足地看著沙漏，白、粉紅、藍砂在塑膠細管中代表不同速度的時間。這算是少數證明我科學天分的跡象——雖然還不明白，為何這些附會在簡單事實上的詮釋具有任何參考價值，彷彿用稚小的我們做為預測未來的儀器，對我來說，這幾乎如嘗試將自己舉起來一般荒唐。

關於我曾大膽宣稱，長大要作一名科學家。如果去問我爸媽，我是怎麼回答那歷久不衰代代相傳的經典問題，「你長大要當什麼呀」，他們的經典答案，百分之九十會是「當科學家」。另外百分之十是我刻意語帶保留，以免他們福至心靈的即興發揮也被列入計算。

爸媽如此肯定，似乎意味著，我在一段具有相當分量的時間中，堅守著這個志向。那時期——比如「寒武紀」或「奧陶紀」，我們對其所知甚少，依靠想像推測「還原」。就現在看來，它可能為期甚短：也許，從

二歲半到三歲？三歲後進入極盛期，並在四歲前宣告終結？這不到一年的時間的分量，或許可以和青春期、二十到三十歲平等，因為我們都知道，生命中的時間走得並不一樣快，就像沙漏中粉紅、白、藍色的細砂。時間越來越快、越來越不重要、彷彿前面有個無法抗拒的大黑洞。後來的事物（非常不公平地）被擠到逐漸窄小的錐型空間。

能明確把握記憶的時代，如同網路與手機已經普及的世界，是無法想像曾經有所「欠缺」的世界，甚至有一種幾近殘酷的性格，趨向將異己撲殺抹平，彷彿至始至終只有一個時代，也就是被明確把握的那個。依照這種邏輯考據，我的生命正史，應該從幼稚園後開始；在此前，也有些許亮點，但直到幼稚園亮點才足夠密集，重疊成金色的線。

開始有則明確的記憶：我記得第一天上學和媽媽道別的幼稚園大門。可是令人尷尬的是，這個起點因為有「不是被我自己記住的部分」，而有些曖昧──媽媽告訴我，當時我沒有哭鬧，反而很酷的說「記得來接我」，讓她倍感失落。確有其事嗎？對於這樣小大人的反應，我沒有絲毫印象。當時的那個小大人，對於自我，還在一個使用「輔助輪」、搖搖晃晃的階段吧？掌握得比較好的時候，才抓住片段的影像。謝謝媽媽有「記得來接我」。

但志向的故事是另一種情況。我懷疑，「當科學家」的志向是源自爸媽的創作。是我不曾經歷、卻全盤接受的「事實」──就像歷史。那樣的我簡直是個小陌生人。現在，我想遠遠地瞅著他。

有沒有相關的實驗佐證？如果超過六成的小男孩，志向的選擇不出「醫生」、「警察」、「科學家」三種型態，不是挺奇怪的嗎？

就像「福祿壽」或「真善美」，我猜想這三種職業，對小男孩潛在的象徵意涵（每次都有不同的答案）：警察是端正的品格、醫生是無私的奉獻，至於科學家嘛……也許是展現了創造力？我想起神奇寶貝的基本設定。最初，菜鳥玩家會從博士手上，拿到小火龍、妙蛙種子、傑尼龜其中一種。明明都（應該）拿到了，可是我們幾乎都沒有成為警察、醫生與科學家。我們沒有成為一般人。我們成為了一般人。真是太奇怪了，當主角這回事。

收留皮卡丘，揹著那閃電尾巴。

爸媽才是製造科學家的科學家。他們看到蹲在陽臺的小花園裡，確認馬拉巴栗多長幾片葉子、捏住紋白蝶的我，就認定了我具備植物學、昆蟲學家的潛質；在還不會讀十萬個為什麼之前，先提出了百萬個為什麼的我，就算不能解決世紀難題，也可以再問出另一個世紀難題吧？埋首於恐龍大百科的小考古學家，總是對著滿天星斗發愣——說不定他就是第一個帶著雷龍化石飛向宇宙的太空人？

可是也不行全盤將它當成爸媽的想像。安迪沃荷說：「在未來，每個人都有十五分鐘的成名機會。」或許有一次我真的很接近，我是說，成為

科學家。可是因為偶然、二擇一的選擇錯誤——右或左、是或非、暫停或開始，就注定了結果是一場災難。

我的黃金十五分鐘發生在陽臺小花園。

那年，爸媽從花市買回一盆桂花填補玫瑰的空位（上個月在我這個小霸王的粗心照料下不幸枯死了）。在尋常的馬拉巴栗、早就不再長高的柏樹與因生命力過度旺盛而被瞧不起的黃金葛之間，桂花名正言順地接任當家花旦。

當時的我仍沉浸於死去心愛妃子的悲傷情緒，任何移情都是背叛，而背叛對小時的我來說，還是一件恐怖至極、不可置信的事。況且，玫瑰死了意味著我被迫得放棄一項偉大的創作計劃（莫札特沒寫完的聖家堂、高第沒蓋完的安魂曲）我預計等玫瑰盛開，只用最新鮮的花瓣在牆上（其實是貼在牆上的四開圖畫紙）拼貼出粉紅、桃紅、粉紅混白的壁畫。

因為計劃還沒開工就告吹，知更鳥蛋藍的世界還沒被啄破，我可能成為畫家的機會並沒有被花費掉，謝天謝地。如果真用了新鮮花瓣，在浩大冗長的工程進行到一半時，有效率許多的凋萎就會三步併作兩步地進行了。曾經出現的美好光澤很快就會被腐敗氣味、垂墜、皺褶的場面覆蓋。到時，這名小藝術家的心將落寞的與這幅圖景不遑多讓。

幾年後我會經歷類似但程度輕微許多的驚嚇。小學四年級的我，在民生國小翠怡園的假山假水旁（還沒翻修成日後安全且一目了然的設計）作

水彩寫生。我努力調出青苔池水岩石陰影曖昧而有層次的灰色、灰綠色，如蕨類葉片、磨損石磚帶來的祕境感覺，當陽光還待在未乾的顏料池水中，我以為我做到了；可是就在陽光離開，順帶將水氣攜離畫紙，畫面立刻死氣沉沉，化為一片髒水灘。現在的我，拿出幾個月前寫好的詩稿重讀，不時也會有類似的感覺：期待落空、受欺騙、何來大膽妖孽狸貓換太子。

說回桂花吧，這時是桂花的時代。不令人意外，這名小萊布尼茲很快就對玫瑰裝飾畫的繁複鋪張失去興趣，轉而著手研發效果絕佳的桂花水──當時心裡想的並不是穿在身上的香水，也不是攪和在糕點中的香料──他只想製成某種特別珍貴的收藏。

……我把小桂花叢的花全摘下來，把藏在深綠厚葉底下、接連在枝幹的棕流域、隱含暗香的白色小聚落摘下來，組成另一個白色小樹叢。我把它們填成鼓鼓的衛生紙小包像正在發酵的麵糰；我也用手指捏碎一定比例的花、讓某些幸運兒保持毫髮無傷。我不知道也不擔心成品是什麼。發明許多複雜費事的工序，並樂在其中。準備裝咳嗽糖漿的軟藥水罐：我的實驗瓶。

關鍵的問題來了：金色的還是透明的，科學還是文學，成功還是失敗，問題是，用油還是用水？這是個假問題──對普通孩子來說，直覺的溶液只有一種，也就是廁所、廚房水龍頭源源不絕的自來水；會想到油的機運與天分，極少數，長大後或許就是極少數真正的科學家吧。五罐比例、研磨方式、擺放時間各異的藥水瓶，因為相通的致命缺陷，集體失

敗；還不用打開，就聞到花草的腐腥味，混濁、毫無生氣的顏色已經告訴我實驗的結果。

我將過度自信以致浪費的桂花、解體的秋日的暗香全數倒入馬桶沖走。雖說做出失敗的實驗比做出成功的，對職業科學家更司空見慣，爸媽並沒有看到，累積的心血終就落得一場空，使我多麼沮喪、憤怒——以及不耐；這種性格完全無法適應科學家以勤奮作為美德的工作守則。若強行把我放入如此生涯規劃，無非就是像我把桂花投入水中釀造，大錯特錯。

科學的沙漏剩下最後一點沙。我記得，小四校內科展公布得獎名單，我的組別得到佳作（研究花朵的染色，我對花朵還是這麼情有獨鍾），當時我就許下願：再也不做科展了。老實說完全是針對組員打混摸魚的賭氣。真要細想，當時我心裡許下的願必然比這惡毒許多。可是許下的願從來不是我們真正想得到的東西，不是嗎？和我們說著不同語言的神，順手把我頭頂上的沙漏取下，搖一搖裡頭僅存的一小撮桂花、漏光了。

風箏

1

我非常不喜歡放風箏，大人以爲我喜歡，其實我不。常開那臺深綠的老 Axio 時，那是爸媽三十歲左右的青壯年，後車箱裡放著捲成一束的彩虹色風箏，後來變成我與妹妹的兩組直排輪，後來是帳篷。家裡換了一輛新車在我上國中時，風箏直排輪帳篷都沒有留下來。我喜歡那輛綠色老車，車殼薄而方，像《螢火蟲之墓》中出現的糖果罐；我喜歡車門與窗戶似乎無法全然密合，脆弱、開放地裝著我們家，讓我感覺與家人更親密，與路更貼近。許多假日我們外帶三寶飯便當或涼麵，在河濱公園野餐、放風箏。坐在輕微沾黏小腿的鋁膜野餐墊，不時感覺到底下擠壓成團的草的捲曲與溼氣，任何食物都會變得美味吧。當時還沒明令規定鄰近機場的公園禁止放風箏。

當風箏在空中穩定下來，爸媽嘗試將手把交給我。我伸手抓住黃色的手

把，長得像粉絲的風箏線捆在另一邊。倘若放風箏眞有哪一部份是我享受的，可能是被交付一份過大的責任。他們明知道那已超出我的能力。這使我心中升起感激。而它已經迫不及待要好好教訓我，像那些世故的馬兒，一眼就辨別你是老手還是生手。它的力氣很大，儘管爸媽確定我握好了才鬆手，我還是打了個冷顫，就像卡通人物抓住一支可憐的小樹枝使自己別掉落懸崖。爲什麼我不喜歡放風箏？因爲只要一展開拔河，我就覺得自己懸空——我才是風箏——只要另一端的人一個壞心、一個不小心，懸空的我不是摔死，就是墜入大氣層、甚至成爲太空垃圾。

那小片彩虹一點也不怕。像溪水中鱒魚閃現的鱗片。要怎麼相信一條細如寒毛的線呢（儘管這麼想我還是拉緊它）。距離拉開，拉得夠開，事物似乎就不由自主地變成另一項事物，我說的不是被賦予另一種意義——而是變成別的東西。我們能完全地掌握在近處的風箏，皺巴巴、鮮豔、防風夾克的樣子。可是現在，那小片彩虹一點也不怕。好像它在那裡胸有成竹地等著我。我看見一個男孩子，站在跑道的終點，沒有揮手也沒有喊叫，就只是站在那裡。我看不清楚他的臉，只知道他應該是我的其中一名朋友，要知道他是誰，唯一的方法就是跑向他。

2

爬山時三不五時會遇到那些隱形的線。走過陰涼、半明暗的步道，忽然感覺絲線拂過臉龐，伸手一抓什麼也沒有，回頭更不可能看見痕跡。最令我退避三舍的蟲莫過於蜘蛛與毛蟲，偏偏兩者都善於製造絲線。可是沒有一次我親眼看見牠們高踞網中、垂掛在線頭。儘管慶幸不必面對恐

怖壞蟲，心裡的疑問仍沒有獲得解答：爲什麼會有這些隱形的線呢？……綠色的世界裡有人在放風箏，風箏在看不見的地方，只有隱形的線交錯在綠色的世界裡。我幾乎相信，它特別爲我的經過準備。在陰涼、半明暗的步道上，偶爾會出現這種神祕的風箏線。經過時才又想起它，的的確確存在著。

3

錄音帶倒帶的聲音，像一隻長到不可思議的蛇快速地通過草叢。我想起七歲的我將二十四卷的《西遊記》錄音帶聽到滾瓜爛熟。在記住劇情、臺詞、音效後，新鮮感自然地消退，取而代之的是親密感。親密感來自於預先掌握。來自於擺脫了基本的法則——水倒進水杯，錄音倒進耳朵——我喜歡自己跑在前頭的感覺，好像這樣我才擁有夠多的時間看清楚、聽清楚。我已經坐在山頭等待八戒的釘耙映入眼簾。

夜復一夜，我和妹妹會慎重挑一卷錄音帶檢閱。關燈後就是夜晚的聲音的大樓。今天確認一下這裡，明天確認一下那裡，我們是熱愛工作的大樓管理員。半夢半醒間還摸索著替錄音帶翻面。十點的房間。十一點的房間。不知道隔天還要上班的爸媽怎麼願意忍受，當時我們全家人還一起睡在和室裡。

那套西遊記錄音帶還在嗎？

我試著找回一些劇情、臺詞、音效。好像，有一場壯闊非常的開場音樂，

音量突大（或許是檔案的設定出了什麼差錯？），即使有了心理準備，還是會被短暫空白後的突擊嚇一跳（有時是自願地被嚇一跳），跳起來扭低它。這是我們的默契。可是……其他就不記得了。

就像絞盡腦汁也想不起國中時喜歡的同學的臉。當時以為沒齒難忘的一張臉。腦袋的誠實和生殖器的誠實同樣令人難為情！

但它一定還在我的身上，對吧？如果重要的記憶被搞丟了，自己不也能糊里糊塗被自己搞丟嗎？我自我安慰，或許它像變聲前的嗓子，是某種曾經在我身上發出，現在卻只能保留的聲音。媽媽告訴我，錄音帶轉送給親戚了，當時還問過我。

同意轉贈、連一眼也不屑一顧的那個我，顯然忘記了連蟑螂的爬行聲都明目張膽的夜晚，七歲的我張著眼睛，唐僧（騎著白馬）踩過我的身體，一回合、一回合的精怪，接連掉進眼睛的陷阱中。天花板久久拉過一扇車子駛經窗外所映照出的柵欄。一直以為愛聽故事的自己是最晚睡著的，不知道長期為失眠所苦的媽媽才是永遠的最後一名。

轉送《西遊記》的似乎把我五感連綿成光暈的七歲，以非常物質性的方式從和室移除了。我搬進自己的房間，爸媽搬回主臥室，眾多用不到、捨不得丟的東西搬進和室。大概就像一九八六年動物園搬家，長頸鹿、猩猩、老虎馬路遊行從圓山到木柵，唐僧師徒四人靠著彩色的大扇貝的盒子掩護，爬離和室大小須彌山，跨越客廳白磁磚鹽湖，不告而別。其實怎麼可能不知情，怎麼可能無動於衷。已經進入一個全新的階段。這

個階段與另一個階段只有一條細細的線拉著，轉眼間，有些階段已經消失在雲層裡了。

家中成員沒有聲張但分別在自己的房間同感惶惑。

圖鑑

那時我還沒上小學、不認得「龍」或者「瀕危」，那時沒人把神奇寶貝叫寶可夢，世界很小，從一號到一百五十一號（也就是從妙蛙種子到夢幻）。我媽說我會在百貨公司的玩具部某張比我還高的彩色圖鑑前，把怪獸的名字大聲背出來，吸引顧店的姐姐、路過的陌生人，好像表演特技，為了某種高度反差而引發的驚訝。我不夠大，還不認識那種情緒叫做愛慕虛榮。

我第一本要求爸媽買下的書也是圖鑑。不過紙摺的動物園內不圈養能化成紅色閃電、收入球中的戰鬥伙伴，我的第一本是貓頭鷹出版社的《兩生爬行類圖鑑》。奢侈品是相對的：7-11 的關東煮想像成絕品珍饈，刻意小口小口地嚐；小學旁雜貨店琳瑯的品項，戰鬥陀螺與不明真偽的遊戲王卡，足以引發男孩最洶湧的妒忌。精裝、全彩──可以是特務的裝備、魔法師的道具（後來我才明白知識真的能夠作為武器）──圖鑑多麼華麗，盜墓者爭得你死我活的《死亡之書》也是一本圖鑑嗎？我要將

圖鑑納為己有。我要輕而易舉拖動三大洋七大洲已知的品種。只要我願意，隨時可以將科莫多龍叫來眼前晉見牠的領主。（再也不用去動物園，在那些假仙人掌、金屬盤與沙子之間碰運氣。）事實上，我不只看見牠，我還讀牠；我看見的牠比牠看見的我完整得多。當時的我就知道明暗的權力。

簡潔、貪婪、近乎精打細算。擁有圖鑑是擁有一本型錄幻想擁有所有商品。沒有智慧型手機收納術的童年，查索圖鑑即是閱兵。記憶超群的將軍不可能忘記手下愛將是駐守安地斯的天涯，還是亞德里亞的海角，牠們適應多變地形，佩帶意想不到的武器、毛髮、毒藥，以林奈二名法彼此相稱，致命的缺點是——無法站起來，站起來就要被發現牠們只有單面。可是假裝正是我們小指揮官最擅長的技術，無時無刻都在熟練的把戲。我們不笨，我們怎麼會不知道是假的；小朋友全是天分高明的演員，進入平行現實的戲劇空間，喝水一般容易。

不久——以孩子的尺度來說，無比漫長——我也獲得了哺乳動物、昆蟲、貝殼圖鑑……其中讓我愛不釋手的《鳥類圖鑑》，邊緣因經常翻閱翅膀一樣膨起來。鳥的變奏絕對是巴赫或貝多芬等一流行家寫的，神乎奇技扣合喙、翅膀、爪子之主題，大膽纖細在引力邊緣做出如昆蟲的蜂鳥，如馬或羚羊的鴕鳥，似潛艇的企鵝。我已經很久不玩那奇異混和細瑣知識和單純扮演的遊戲。我將眼睛探進蛋殼裡回望自己的童年：裡面有一個很小很小的文藝復興人，畫素描、發明頹廢無用的華麗機器，專注、固執，熟悉望遠鏡及自製藥水，知道受精卵發育成嬰兒的所有細節，百思不得父親的精子如何進入母親的子宮。這一切扮演都要持續到那年夏

天，金門顛簸的路上。租來的汽車發出可怕的呻吟，塵沙漫天，路邊有木麻黃和藏在古厝裡的風獅爺（當時我正在編纂第一本偉大的風獅爺圖鑑），一塊邪惡的石頭等在路上，表妹手中的蘋果牛奶感受到命運的靠近興奮地顫動，我的《鳥類圖鑑》攤開在南美洲斑斕鸚鵡的頁面。那是一場可怕的屠殺，蘋果的黃色與牛奶的白色。事後我花了一個月試圖修復互相沾黏、脆弱、遍體鱗傷的內裡，它變形地立著如一隻生氣的火雞。我還不知道這些都是尾聲，那瓶無辜卻無法被原諒的牛奶，澆熄了很多，其中包含了一整段輝煌的圖鑑時代。

壁虎

在還小得能和全家睡在一起的時候，我最害怕靠睡牆邊。牆上有一枚小小的掛勾，上面沒有掛衣服，沒有掛畫，時鐘懸在另一面牆上，它是完美頸子上凸起的小小肉疣。一開始，我先用眼睛釘住它，但是沒過多久，我開始昏昏欲睡，眼神就鬆了。就在眼皮要闔上時，我在那眼皮落下的葉子細縫中，看到了令我嚇出一身冷汗的景象：它突然用四隻長了吸盤的細腳飛快地跑走──垂直的牆面、天花板、衣櫃的障礙，似乎都無法阻擋它；也就是說，我也無法阻擋它，它將毫不費力地爬過我身上。它不再是掛勾，而是一枚標籤的幽靈，任意地去占有被它貼上的東西。

一個人睡或許就不這麼可怕了。我可以比照對付半夜那些飛進我的枕頭套裡，被血的誘惑一頭罩住的糊塗蚊子：開燈拘捕牠們。識相的就會躲進家具的黑暗縫隙裡，惱怒又不敢出聲；若真有一些癡心的殉情者，我會用衛生紙的嫁衣擁抱牠。爸爸媽媽睡得正香，如兩尊不允許被光線吵

37

醒的石神像，我沒有把握在黑暗中翻山越嶺，而不踩到他們棉被底下的腳趾；另一方面，我沒有足夠的勇氣用衛生紙抓牠，說不定有毒。對那時的我來說，蜘蛛、蟑螂、甚至是老鼠都是碰到就會不得了的可怕毒物（後來我知道，牠會吃蚊子、蟑螂、蜘蛛，是毒物中的毒物）。

現在，牠正貼在時鐘的旁邊，發出「啾、啾、啾」，彷彿是親吻的聲音。我祈禱牠自己默默地游開。可是牠卻以為自己是第二個鐘，和秒針的聲音些微錯開，在小小的張力中爭辯誰是正確的時間。接近天亮時我還是忍不住睡著了。我必須說，我不清楚自己是不是在睡眠中被牠貼上標籤，奪走初吻。

最近幾年，我的睡覺時間從凌晨十二點開始，半小時半小時地向後延遲。也獨獨在這些新開闢的空格，我才能彎起身子，心滿意足地躲進深夜窄仄的魔術道具中，讀或者寫一些東西。有時，壁虎會在角落，像一支超商的監視器，和我一起值夜班。有時，在我看不到的地方，或許就在門外，作一隻守門的猛獸（好歹牠也有個「虎」字，多少沾點威風吧），吃掉飛的爬的，以免它們不小心掉進我的詩裡淹死，成為浮在水面上的廢字。可是，這微觀的獸，多年來失眠，長出金魚的泡泡眼，活像長出泡泡眼的小泥巴，會失眠的小泥巴。

只有我知道牠遠遠不只如此。牠，看似無辜實則狡猾，怎麼甘於當個小警衛？事實上，我們表面友好，暗自較勁 —— 牠威脅著我，雖然不發出

聲音，但就像它曾跋扈地威脅時鐘一樣。我們不知道認定對手和親吻是類似的事情。

專注閱讀時，我聽不見也看不見周遭的世界，就像潛進幽深的水域，高度的集中無法維持太久，需要出去換氣，這時我得輪班當那隻守門的獸，單純地當一雙眼睛在藍色大門外張望——可能在我現實的床上，「看」而不「閱讀」；而牠近乎平面的存在，讓牠書籤一般掛在裡面，甚至整晚都不出來了——不是世界變成平面，而是牠就是平面，所以沒有障礙。我一面守候牠，一面在夢中遺忘牠，因此當牠從書頁的夾縫中鑽出來時我嚇了好大一跳。

每當我把自己打扮起來，準備走出房門，以為自己是舞臺劇主角時，牠會在一旁高高低低忙碌地奔走，彷彿替我張羅著背景與燈光；可是當我一出門，進入白天（而或許牠進入牠的「夜晚」），卻又發現自己說的話、送出的稿子，都是模仿牠矯捷身手的那場「真正的戲」，我只是這場表演的文宣罷了。

那天晚上我們賽跑。誰先到屋頂的角落誰就贏。牠跑起來瞬間分身一整段流水的逗號，在數學式裡面打水漂的加號，看起來輕盈極了，簡直讓人毫無希望；而我是個跛腳的傢伙，習慣性向後刪除，在前方製造更多虛無的障礙，一架順著背後軌跡滑行的沉重雪橇，或許我參加倒退跑比賽還比較有勝算。在夜晚沒開燈的家裡賽跑，牠一路領先，已經下了樓梯，進入餐廳的賽區，我因為猛然劇烈跑動的缺氧而有些恍惚，烘衣機底下捆收起來的舊地毯、水表、熱水器、緊急照明燈……慢速地在我身

邊晃蕩，追討自己在家庭裡的地位：它們總是包括在內，但從來不被言說……我追著壁虎的尾巴後面，追著那神祕的魚線，並張大了嘴巴——

剛要進入青春期的某個下午，我在深色的木紋地板上發現了擬態的牠。家裡一個人也沒有。牠就這麼大剌剌地出現在我的面前，沒有逃開或迴避的意思。我緊張得手心冒汗。在彼此凝視的對峙中，牠也緊張地鼓脹起來。我想過要去找衛生紙把牠包起來丟掉，但雙腳卻沒辦法移動。而我自然地，彷彿有人暗中教導一般，輕巧地拿起一旁的鐵椅子，椅腳對準了牠盡可能緩慢地朝牠逼近。牠沒有移動，似乎期待著即將到來觸碰的剎那，圓形的影子已經壟罩住牠了。我沒想過牠不會逃。強烈的罪惡感從裡面不斷嘔出來。椅腳下面一攤深褐色圓圓的紀號，和地板如此相似，讓人以為擦也擦不掉……就在以為一切都結束時，我瞥見一條尾巴如蛇迅速游開案發現場，我追了過去，發現牠竄進我自己的房間。這陸上的蝌蚪，會在衣櫃裡變成怎樣的怪獸？

——我們一同竄進食品櫃裡，繞著罐頭、泡麵跑了幾圈，從蟑螂和老鼠才知道的古道裡爬出來，沿瓦斯管線衝刺；被電線的火花弄傷的腳踝，在洗手槽下漏水的溶洞湖泊裡滑了一跤；在鞋櫃裡發現了好幾雙早該扔掉的舊鞋；在汽車造型的倒帶機下面撞倒了幾捲錄影帶；然後就是回程了……跑著跑著，我的足跡越來越淡，幾乎辨認不出意義來。我跑到終點屋頂的角落吟唱著小夜曲，度過下半夜。而它已經不見了。

家鼠

那天回家，我看見母親懨懨地陷在沙發上像一球皺棉被，整個房子溢滿甜美暈眩的氣味，儘管就要逸散，最後消失的手腳還是不停在電視櫃、爐臺上走動。我不滿地看著母親，她拿起一張眼皮看我，虛弱而得意地說：就要殺死啦 —— 。這樣不行，我說，你才會被毒死。（它們躲在夾縫裡看著。）她沒有理會，持續沉醉在這種溫柔的殺氣，感覺自己變得和它們一樣，貼近地面，沒有記憶，神經傳送一節一節的。我道士一般四方消解晦氣，打通密室的身體，屋外燠熱有力的亮空氣，嘩地衝撞進來幾乎把我壓倒在地。那頭空氣的黃金獵犬在客廳正對的母親伸舌頭，母親對它不予置評地哼一聲。

直到最後一口毒氣都給牠咬起來扔出去，我開始思索母親這次行動。她的怨恨強烈但遙遠，她所企圖謀害的不是那終極的對象。這次行動是一次補償行為。藉由布局，在屋子角落插秧地噴下致命毒藥，她對著廚房

對著客廳對著臥室展示她的權力，為那些落空卻不消失的恐懼搭輔助支架。在這個家裡，有什麼是以前沒有而現在有的。她想這是告別一段時期的產物。

夜裡，家人縮入房間的殼中，在沒開燈的廚房，大大小小蟑螂星星般升了起來，遠遠近近附在桌上、碗櫥、水槽、天花板。我爬下樓來覓食，冰箱的燈火無預警地讓它們從黑暗裡顯露出來，全部都動也不動，被這突如其來的降臨震懾住，在原位各自發出放棄行為的反光。我龐大逆光的身體，從冰箱中取出存放食物的玻璃樂扣盒，放在桌上發出叩地一聲。它們被一下敲醒，尋覓最近的窄縫，影子般壓平進去。它們不是為了生活的食物而來，怎麼又給食物逼退了？想必母親也曾撞見這樣的情景。可是這時只剩我孤伶伶地一隻進食，附在桌邊，不知道母親會不會突然開燈，發現我其實不是她白天裡看到、她所預期的樣子？

好久以來我沒殺過一隻，只是安靜看它們在地上悉悉簌簌地乾涸消失。此時我不禁想起它們被拖鞋碾碎藥材般，脆殼之下內臟發出濃郁的氣味：和要殺死它們的毒藥驚人地相似。他們隨身攜帶自己死亡的氣味。奇怪的是每次下藥後，從沒發現一具屍體。可能，它們艱難地爬回我們所未知的空間，堆起一座身體做成的塔或墓，避免間接留下鬼魂存在的證據；可能，它們把中毒的同伴拖拉回去，拆卸觸鬚毛腳回收身體，換一個全新的（那些毒身體如核廢料集中在一個小箱子埋起來）；可能，毒藥其實是補藥，而且由它們自己製造販售，讓母親不自覺成為它們的飼主……當我不在場時，夜的潮水將它們帶出來，就像沙灘上的貝殼一樣。它們為它們所附著的物體呼吸著。我也一起呼吸。

我繼續思索母親的行動。這些影子不是威脅，老鼠才是她的敵人。但為什麼殺蟑螂？難道是這樣的邏輯：蟑螂多而老鼠少，大老鼠吃小蟑螂，沒了小蟑螂就餓死大老鼠──當然不是的，不過她的確有另一套邏輯：它們為數眾多的星辰，一一狠狠地捻熄，那團灰月亮的氣力也就削弱。不過沒有人看過老鼠的蹤影，所有的證詞都來自母親的目擊。脫去鞋子的時候，拎起洗衣籃的時候，找出陶鍋的時候，它以為是它先看到她，她以為相反，沒有一方發出尖叫，她知道這不是它的本來形貌。這是替身或出竅的生靈。原形只在沒有人注視時，在藏匿處交接或自本體甦醒。一度我甚至以為母親在說謊，只為替自己創造一個可敬的對手，又或者為平淡的生活掀一起歡騰的旋風。

母親養成新習慣。每夜將垃圾袋束緊，將食物藏進微波爐或洗菜籃子。她把可被食用的可能都藏起來，尤其把香味消去，它聞得出。母親知道自己必須藏得更好。清早我看到這被覆蓋的一切，總感到不自在。（可是每日逐一檢查籃子下的食物，是愚蠢的事情。）母親還有其他招數。她不定時在意想不到的地方放置黏鼠板。所有黏鼠板溫馴地如地雷一般，也成為一種家具。連鼠毛都摸不著，反倒三不五時將我捕獲，我總是無辜又充滿罪惡感地，誤以為自己是一隻老鼠。拖鞋帶上的黏膠，在四周地上留下疤痕，一張無可奈何的五官。事實是，母親必然不期望逮到它，如殺蟑螂一般，這些陷阱無非更像是想隨機黏住運氣或是其它什麼不可捉摸的事物。

妹妹離家的那天，老鼠出現了。但這不是件大事，妹妹沒有出走，只是搬進學校宿舍。母親幫妹妹收拾房間，把衣服從衣櫃轉移到大塑膠袋（不

時冒出幾件令她們都手足無措的小時候的迷你洋裝）。這間粉紅牆壁是全家一起粉刷的，她們安靜地像是收積木般一起把這座粉紅色城堡拆掉。連絡簿、勞作、不重要的書與照片，能減省的都會自然地被消去——它們不知不覺已經失靈，只是藉這次收拾看清楚了——其實她自己也開始失靈。她親手把自己十年前的畫像拆下來，一邊囑咐務必帶齊東西；最後妹妹把（比她預想的）更多東西留下，今天開始母親會是它們真正的所有人。

我出門上學，她獨自在家，一陣失落襲來，像是難以開口的第二次產後憂鬱。她疲倦地如產卵後的鮭魚棲上沙發。有甚麼很沉的東西從她身體裡跑了出來。日光穿過窗簾在地磚上像一條條白亮的妊娠紋。她相信這代表著什麼，可是她試圖不讓自己顯示出迷信或戲劇化的可笑。那隻巨大的老鼠憑空出現，灰裡透著粉紅像一塊從上面被割下來的贅肉。她對自己說，一定是這樣的——面對某些無法處理的時刻，這樣確實方便許多。母親重新評估四周，得出屋子必然沒有打掃乾淨所以長老鼠的結論。於是她開始收拾擦抹。等我回家後，母親撒了第一個謊——自然不是關於老鼠存在與否的事。

捕捉行動一直沒有正面展開。雙方都沒有動作，它們都有一部分像公園的石像暫存對峙的陣勢，一部分繼續生活——讓人以為勝負分曉，可以把棋盤收起來放一邊去了。母親和妹妹保有默契，也就是晚間通話，透過訊號的虛線，使妹妹繼續留在家裡。她是這麼努力地維持，努力讓自己不要提出過火的要求。雖然只是換個位置相處，她感覺回憶有的搶先有的落後，但沉靜下來之後，並不會回到原處。她也會感到緊張。

深夜我從夢裡彈回，隨即意識清明，妹妹搬離隔壁房間後，夜晚特別的安靜。我沒有開燈，想替自己催眠卻失敗，不明所以地冒汗。這時我聽見右上方屋頂傳來一陣詭異的翻滾聲，我突然像孩子一樣地害怕：有天使，天使在頭頂上來回走動……。

胡蜂

沒有人相信妹妹。這又不是第一次，她為了吸引注意而編造故事。當她說「我發現……」，往往代表她把什麼東西給藏起來了。妹妹不告訴你她想要什麼，她捏造情境，要你順著「路徑」找到它，當然，一路上她會適時伸出援手並假裝不知情。妹妹又開始造謠了，她一邊說一邊將自己變小，停在暗色木地板上，戴上小小的頭和翅膀，還有一支更小的針。某種昆蟲、平常察覺不到的動機，穿過破洞紗窗飛了進來。

「我發現……」對妹妹來說，像是一張還沒洗出來的相片，裡面的東西不會消失，也不會進行下一個動作。她有時會拿起她的「底片」，透過燈光檢視琥珀裡的人物，有時讓它回復漆黑。對家裡屢屢被戲弄的大人來說，無論「話題」、「祕密」或「告狀」都是待查的標本。隱形的銀針從中穿過，從此固定在妹妹的嘴裡。

我也不相信她在房間外的地板上看見一隻蜜蜂。你得看穿話語的表面，我告訴自己。這麼一來，蜜蜂就變化為放置在我房門前的鑰匙，我同時明白到，她以搶先向大人舉報蜜蜂的入侵，向我提出挑戰。血淋淋的事

實是，手足競爭才是我和妹妹成長中唯一玩不膩的遊戲。過程中，妹妹經常採取主動，但她的主動是種魔術師的主動，要你自己從牌堆中釣出那張將發生事情的牌。我到底該怎麼處理這隻蜜蜂？

母親不喜歡猜謎。幾乎從第一次妹妹提起它，母親就拿出負責家庭清潔的驕傲做出否定：蜜蜂和灰塵或管它是什麼的並不存在。掉落的蜜蜂，對她來說，就像那些惹惱她的，亂放的馬克杯、忘記收拾的橡皮擦屑一樣刺眼。她的打掃使屋子範圍明確，外物不敢越雷池半步。母親不知道，她能打掃的範圍其實非常有限，其中不包括，我和妹妹共同或各自在家裡虛構的地點。你需要閉上眼睛，或者持有咒語，才能走進那些隔間。有時連我們也會失去進入的資格、遺失咒語或廢棄特定場所，這個家因為累積隱形的房間，變得越來越沉重。另一方面，母親的力量隨著妹妹的長大開始衰減、移轉。起初是一隻蜜蜂，後來會是更大的東西。

◆

即使那隻蜜蜂負載著某種含意而降臨，由於沒有被解讀，不久就被忽視，然後化整為零地消滅。大人不預設妹妹說謊，但將它當作無足輕重、只有妹妹能看見的假想朋友。沒有人採取進一步動作，我也不例外，彷彿困在琥珀的糖蜜中，讓妹妹三不五時以燈光檢視、搔癢。

（原先不動的它，這時已經在我們之間盤旋。）

我們還不知道，它不是蜜蜂，雖然很像，但不甜蜜。妹妹也錯看了它嗎？或許這對她根本不重要。那東西隱然成為家裡的一份子（但稱謂曖昧），父親把它當作笑話，是妹妹和他遊戲的方式；母親則透過妹妹的轉述了解它，有時甚至搞不清楚是不是同一個它……這種隔衛生紙取物的方式讓他們倍感安心。

妹妹的報告，加強家人間的連結。我們輪流去找她，妹妹就像是一個窺孔，無論什麼房間、那東西、甚至是我們自己，看上去似乎都有趣起來了。最好的地方在於，只要感覺到乏味或不安，我們隨時可以抽身，選擇不相信她。她並不在意我們偏折的想像，她滿足於她獲得的位置與光源。

然後棗紅色的它也在母親面前顯現了。就在冰箱前，彬彬有禮地向她致意，就像卡通裡能替人完成心願的精靈。但它不屬於母親，母親也無法接受它女兒漸漸對它依賴。因為母親的目擊，虛構的屏障被打破了。被妹妹以外的人看見，表示母親的第二種視角可以質疑妹妹唯一的視角，也表示它不再能任由我們的想像去變形，它做為一個符號的生命已經終結。看見它後，母親緊張得手心冒汗，換成她要說出「我發現……」。

隊形改變，妹妹不再是中介人，轉而躲入暗影。如今它不再抽象，而是一個事件，來到她面前，挑戰女主人的權威。母親幾乎要以為，是女兒唆派它來到這裡與她會面。

蜜蜂也是一種花樣，和地毯或壁紙上出現的花樣一樣，類似的它勢必在我們的生命中一再重複，母親說服自己。不過母親已經不記得，在她成長的房子裡是否發生過類似的事件，也不記得整件事又是如何被熨平⋯⋯她已經離開很久很久了。恐懼有精瘦的細腰，挺立的翅膀，幾乎像個過分巧妙的玩具。她沒有和丈夫提起恐懼的部分，她說，她也看見了，那可不是蜜蜂，是虎頭蜂。

終於在一星期後，全家人都看見它了。當父親吃飽起身，我們開始收拾碗筷，不知是誰偶然抬頭，看到它大剌剌停在天花板中央，站在漏水造成的水漬島，像名顛倒的領主。雖然父親早有準備，心裡不免還是揪了一下，他瞄見妻子和女兒平靜的表情，彷彿在終點等待他落後的了解。他決定表現出同樣的鎮定，假裝自己不是個新手。令他奇怪的是，兒子的平靜竟不亞於妻子與女兒。他因為這突如其來的攤牌感到心煩意亂。儘管他有權指示下一步應該如何處理，但感覺到一股被審問的壓迫。一開始他以為自己是被上方的複眼盯住，後來他才醒悟，那眼神是來自於妻子、女兒和兒子三雙聚合成黑莓一般的大眼睛。

それ暗自對我顯現，不像停在妹妹房門外那樣，而是以一種更私密的方式出現在我的床邊⋯⋯像是偷溜進來的情人。我知道那不再是妹妹和大家說過的蜜蜂。同時我也明白那隻蜜蜂的隱喻了⋯⋯不是開啟的而是鎖上

的鑰匙。遊戲到此為止，不再有更多比較。我們只會在各自的房間內長大，並在家裡創造出更多彼此看不到的房間。我注視著蜜蜂，在它身上看見了我所有的家人。可是當光源移開，那裡又轉為一片漆黑。

不用猜想蜂的存在與否後，問題變成，它是從哪裡來的呢？我們沒有能耐縮得比它更小，騎在它的背上，在它的針上安裝針孔攝影機。我們無法像對付螞蟻一般，以食物做誘引，讓它們如一支磁針指出巢穴的所在。這時妹妹已不再享有窺孔的特權，為此她決定將恨意轉嫁到蜂的身上，認為它對家人的顯現是對她的不忠。曾經的幸運符，如今她厭惡唾棄；妹妹加入清除掃蕩的行列。

就母親看來，來源無關緊要，她第一時間檢察了每塊紗窗是否破洞。執行這項任務使她恢復理智，戰勝恐懼，現在的它不過等同於她長期抗戰的蟑螂螞蟻之輩。

父親認為它來自附近的公園。這種籠統地排除，把罪名讓多數分擔，反而升起了懷疑的迷霧。當我走進公園，看見陌生的樹木，每一棵都無辜，都危險。

比較明朗的是，認定它為胡蜂後，我們就可以憑藉印象，上網或翻圖鑑

找出學名以及潛在的危險性。爲不速之客找到一個熟悉的名字就是接納它最好的方法。甚至讓它加入日常的節奏。幾天後我們驚訝地發現它的存在已經進展成輕鬆甚至令人興奮的話題。

而蜂螫的毒針就是張力匯集的焦點。

當潛在的危險被推到前景，家裡喧騰的氣氛沒有萎縮，反而盛大了起來。原本放學我總是和朋友們拖拖拉拉，現在，回家儼然是一天的高潮。整座屋子搬遷到針尖上。

不知從何時開始，我開始在家裡的所有角落盼望並害怕蜂螫，感覺預兆籠罩全身，毛孔都張開，等待被進入。我猜測它會如何發生。打開或收斂翅膀，銳利還是鈍，什麼時間，什麼角度，像哪種季節的陽光，還是像陰影。過程中會痛嗎？哪一隻會選上我，和我配對？

「人都有兩次機會，第一次會痊癒，第二次會死。」不知道從哪裡聽來、因此也不確定是否可靠的知識，在我心裡開始結巢。

我的房間隔壁就是妹妹的房間，我聽得見她 CD 的音樂，也聽得見她講電話的聲音，有時候音樂是爲了遮掩說話。我希望它能一次成功，劃開房間，將她取出，毫髮無傷離開。這自然是最好的結果。我想她會記住這裡，說不定偶爾還會想念我。但不是每個人的情況都會這麼順利。

❖

父親替蜂巢罩上塑膠套，把主臥室的窗簾拉起來。一整個下午，它披著粉紅色的頭紗坐在窗臺。鐵窗的轎子裡，龐大沉重的頭顱隱在紗後。就像陰晴不定的新娘子，可是沒有一點聲音。它等待，準備好要離開了。

到了晚上，母親幾乎要把它當成一件送錯的家具。如果可以，母親甚至樂意自己動手，將它搬下樓丟進公用的垃圾桶。可是若桶子裡騷動起來，麻煩就大了。爬行的針頭，暗器，品種不明的仙人掌。但對她來說，事件已經落幕了。

可是前一天剛發現蜂巢時，我們是多麼害怕呀。它靠得這麼進近，甚至在那裡很長一段時間了。父親母親的床離它不超過兩公尺，浴室門把上的毛巾不超過五十公分。無聲無息，彷彿空無一物。夜晚熄燈後電視發出的光說不定還能映現它的輪廓。

父親打算徒手摘巢。不必打給消防隊，是他的判斷。口氣中似乎還帶有一絲被冒犯的意味。彷彿扛下任務，他就是一名消防隊員。屬於我們家的消防隊員。他是我們家的大廚、水電、警察與法官，縮減職銜是他所無法容忍的；一旦他放棄了某些權限，就會永遠失去它。失去的進程不會停止，直到父親只是父親。他盡力延遲。因此當他這麼說的時候，我們都立即感覺到，這不是普通的蜂巢，而是我們家的蜂巢。

當它靜靜地掛在那裡，讓人以為是息肉，當父親靠近，它變成一顆危險醞釀的炸彈，當父親小心地捧住，它像是熟睡的嬰兒。母親、妹妹和我看得入神，忘記自己身處戲劇之中。有一刻他幾乎像是中古時期的屠龍

英雄。但旋即他又復原為父親，肥胖的身軀顛在椅子上，逆光的他像隻發白肥胖的蜂，掙扎地從窗框爬出去，企圖將自己擠進蜂巢裡。他的影子落在妹妹臉上，妹妹不可抗拒地預見了父親的死亡。

上面的父親對我說話。他要我找一個大塑膠袋。我離開受困於某種光暈氣氛中的家人，來到廁所旁邊的儲物櫃，找一個足夠大的袋子。準備回去時，我看見一隻斷了翅膀的蜂落在我身前的木頭地板上。我看著不具威脅的它，在地上一寸一寸地爬行，幾乎無法負荷自身的重量。我看著它爬到我的腳上，看著它做了它該做的事。然後我帶著塑膠袋回去，交給椅子上的父親。

魚缸

媽媽討厭飼養動物在家，魚大概是她忍受的極限。不知道是因為魚缸像是公寓中的公寓，且能非常有效地管理房客。住戶與他棟住戶（我們）的生活只有微乎其微的交集，比如倒垃圾（媽媽是兩棟房子共享的清潔婦，提到維護公共環境，她對魚先生與魚小姐的評價明顯高於讀幼稚園的我和妹妹）。在客廳裡能遠遠地望向鄰居的窗戶，從來沒和我們說過話的小人魚們，其中一隻會靠在窗臺上透透氣，他說：「我在裡面也在外面，同時著迷又抗拒著耗用不竭的、生命的豐富多彩。」

還是因為當燈箱亮起來時，就像一臺電視機，比起貓狗及其毛髮對按摩沙發的丘陵、餐桌床鋪的洞穴絕佳的地形適應能力，封閉而怯懦，置於錄影帶櫃上，就像一座與世隔絕的貧困山村。當貓與狗的風暴在家具城市與家人腳邊狂飆滋事，企圖催毀六歲的我在客廳閒置地設計的社區營造計劃（在蒼茫的白色地磚海面突兀地升起聖米歇爾山），就像哥吉拉滿不在乎地推倒擋路的東京鐵塔那樣 —— 魚缸會一動也不動，展現某種

無生命物體的超越美德。開燈就像按下電視遙控器，播映靜音模式的實境秀。在真正的電視機旁，形成子母畫面；和我所崇拜的音速小子（跑鞋旋成筋斗雲，咧著嘴酷酷地笑，要一份最愛的辣味熱狗）卡通同時播放，時間感的水壓落差極大，難怪我的眼光不斷受吸引傾斜。

養魚最好的地方，就是偶爾能錯亂地以為是養魚缸。它們被鎖定在特定方框，總是得一臺戲連角色帶場景全體搬遷。我家客廳的配置，電視在正中，魚缸在左方抵抗電視節目與頑童鬼臉的動態刺激，遮住了耳朵遮住眼與嘴——活生生的魚在水世界中充耳不聞，無視我的上學放學，對是否自己還算是寵物的論辯不置一詞。我六歲的時候，上網不是普及的事，彈珠臺和接龍攤在電腦桌面，比較像是三隻猴子的畫，通道、陷阱、銀色彈珠滾過的路徑都富含命運的暗示；無線網路沖毀電話線的木造河狸水壩，然後手機普及，已經離開男友與數名情人的我，打開交友軟體，裡面琳琅的水族館，幾乎永遠和我隔著一層玻璃，它們幾次對我的飼料誘餌感興趣，更常在水中漫不經心；有時候養魚缸有時養魚。

墨綠色仿石材的桌臺上擺著魚缸。到了不再養魚的未來，魚缸公寓原址，將改換陳列我和妹妹於不同學年收穫的獎盃，魚缸的水帶有恨意地解散時，融蝕出這片高高低低的石林，其中市長獎獎盃是著名的觀光景點，前方特意挪出空間，讓載有歌女的遊船能夠靠岸停泊。較不顯著的功績上頭覆蓋灰塵和近看才會發現的蛛網，柱體組成森林，蛛網使之成為陰鬱的森林；灰塵是公園紀念碑上的鴿糞。我和妹妹對這太明顯的展覽總感到難為情，也不明白在主人的布置與客人的發現之間存在「不經意」的禮貌默契。我們猜測那些「無意」的發現是沾了電視的光。在這

之前，墨綠色的桌臺上擺著魚缸，墨綠色仿石質地透過水充滿了魚缸。

從水底下沉，陷入混雜糞便與飼料屑的砂，穿透桌面下沉，綠湖底由白色石球體支撐出氣室以免遠古文明像餅乾般被輕易壓碎，球體底下的約櫃①珍藏我倒背如流的錄影帶們。它們藏得很深，甚至在湖的底下，因此水氣瀰漫，將它們放進紅色跑車的倒帶器裡（埋在湖底的跑車！），能夠聽見地下伏流奔騰的聲音，又似乎是好大一群由白骨組成的詭異生物，爭先恐後地鑽過隧道。我將手指放在紅色跑車上感覺它的震動。它是正承受折磨的英雄的身體，它是因為內在慾望翻攪不已隨呼吸陣陣起伏的身體，將手放在上面，我也獲得了參與，乘著水流帶往未知深淵的小船。小時的我有另一種想像：我望著汽車內部，想像自己是裡面的賽車手，車子瘋狂地倒車，我無法回頭——就在衝向巨大的山壁前一刻，答，錄影帶回到了最前面。我被這突然的險象環生淋了一身雞皮疙瘩。水底下的錄影帶某種程度上是化石，容納了曾經活生生的東西，可是又是死的才能反覆重來，也能放進紅色汽車作燃料。我經由透明窗探視隔離在裡頭的黑色膠捲鬼魂，聽不見它的聲音，我用一隻手指伸進白轉輪中，像是戴上乳膠手套觸摸另一邊高傳染性的病人。有時我會長時間在魚缸裡找不到某一隻魚，非常奇怪，因為魚缸不大而且沒有什麼可供藏匿的空間。我以為牠們會深潛下去，進入錄影帶櫃裡，牠們能和困鎖在錄影帶中的人們交談，陰暗的交談會摩擦出一些冷冷的螢光，牠們能深潛下去，當然，黑色錄影帶盒與透明窗是擋不住牠們的。

電視打開，白磚廣場就變成管制禁區——媽媽相信電視就像更大型的微波爐，會散出有害人體的「輻射」，輻射細密地刺穿人體，卻又不讓人

察覺，她心裡想的畫面是美女助手談笑自若同時身體被刺穿甚至支解的魔術表演。自從聽說了日本的 3D 龍事件造成六百八十五名收看的觀眾送醫後，媽媽更坐實了電視輻射論的信念，儘管事件引發的急性光過敏症與輻射一點關係都沒有。打開電視，發出輕微霹啪聲，似乎暗示某名危險而魅力十足的客人來到（如睡美人中的黑魔女憑空出現），她帶來迷人電視節目的光同時打開輻射，就像我們進到一個房間隨手把電燈打開那樣。

在媽媽的恫嚇下，電視打開，我幾乎是緊貼在三公尺外的沙發上，抓牢扶手以免被雲霄飛車甩出車外，想像的情境扭轉禁令為遊戲指令。開電視囉──我手伸得長長的，點鞭炮一樣按按鈕，按下就以最快速度反向奔跑。看電視是觀賞一隻獅子魚、僧帽水母，無論它是什麼都令人目不轉睛；它近乎靜止地展開隱形武器宛如日本舞伎。關掉電視，我會將手臂靠近發熱的電視螢幕上感受麻麻癢癢的靜電吸引，那時我一直以為是還不撤退的輻射小兵，邊退邊不時回頭，用不足掛齒的三流毒針戳刺著向我示威。後來我開始替魚缸內的居民擔心，牠們首當其衝受到「輻射」攻擊，牠們在水底聽不見我「開電視囉」的警報，聽見了也游不出魚缸的限制。家裡養的魚都活不長久，媽媽將責任推諉給病菌與失控的藻類，但我始終堅信是電視惹的禍。我向媽媽替牠們請命遷居，但媽媽卻說：輻射只會破壞人體，對魚沒有害處。對此我半信半疑，卻又不敢質疑大人的權威，九歲以後的我才由「問題寶寶」蛻變為難纏、自命不凡的「回嘴大王」。

❖

我們所沒想到的是，或許輻射真的殺死了觀賞魚們，明目張膽闖進波提且利的《春》，殺死了愛神、信使神、以及穿著連身花裙的季節女神，我們跌入另一幅陰暗許多的畫，輻射掃蕩後的魚缸是波希的〈地獄〉，混亂、漂浮藻荇與垃圾碎片，爬了數隻醜怪的琵琶鼠，用長有吸盤的口器蒐集死者的靈魂。

從此魚缸就演進為垃圾魚缸而且一去不復返，進入截然不同的時代，就如同有人大膽預測核戰後的地球將由蟑螂全面接管。原本牠們也存在的——但那時牠們不是時代的主角，前頭華美的金魚女高音仍唱著〈花之二重唱〉，牠們是便宜的花園布景，或者黑衣工作人員，在觀眾的默契下被視而不見。在泰坦恐龍這些最後的貴族腳邊的低矮蕨類間，流竄著新興的齧齒動物，牠們將接手被洗蕩一空的生態舞臺。

---

① 指古代以色列的聖物，其中收納上帝與以色列人民訂定的契約。

聖家族教堂

資深的領隊經年行走於偉大的建築下，皮膚已經絕緣，那些發光的手與靈感再怎麼前仆後繼，注定感動不了這身材矮小的女人。我們不能怪她，出生時我們不也在第一次被冰冷的空氣裹住時，因為驚嚇與興奮而放聲大哭？幾個月後誰不對它司空見慣？此時她正厭棄著自己乏善可陳的工作。這淡漠到近乎無情的母雞，將我們帶領至「誕生立面」門前。「接下來的時間交給你們，二十分鐘後原地集合」，說完她撐開黃陽傘溜躂去只留下拍翅的殘響。

瞪眼、冒汗，手上像拿了刀叉，面對一盆準備了一百年的豐盛沙拉，蘆筍芝麻葉蘿蔓與菊苣，不知從何下手。怎麼利用這二十分鐘，得精打細算一番。想想《尤里西斯》，這些年我還在它嚇人的堡壘外打轉，規畫閱讀的時間逐步超越的閱讀所需的時間，於是我更猶豫是否該進入它……計算不會有結果，任一種切入，都將破壞完美沙拉的結構，在你想通這點後，你得丟掉此前對它的種種神往，並和他方的幻影永遠地道別。然

後鑽入——經驗像蚯蚓打穿一條恰好合身的隧道。你感覺自己像張空白的底片，任何景象都能使你燙傷。

一九八四年，聖家堂成為第一件尚未完工就成為世界遺產的案例，而當時離高第辭世已經過了五十八年。在它完工之前，教堂似乎都能持續地將「未竟」的精神形象化。高第與那些畫著偉大藍圖的科學家們，預見自己無法在有生之年見證畢生心血開花結果的那一天，卻仍滿懷熱情地投身其中。那是注視深水般的星空會感受到的暈眩。閱讀著導覽手冊我十分動容，但也體驗到尺度混亂所造成的衝擊。我沒辦法愛一事愛到這種地步。我謹慎的衡量自己，也常常因為把自己當成砝碼衡量事物而分心。也許我只能做自己的科學家。

父母從小給我一個觀念：享受是節省累積出來的。或許和老師的職業性質有關，他們十分習慣從生活所感、報章雜誌、個人經歷抓取材料並調和成一句總結的公式，也就是他們說的，「一個觀念」。觀念讓人生看起來更容易一點，至少更一目了然。在這些守則中，節儉的美德影響我之深，以至於我在小學二年級的作文中，能用注音拼出「房間雖然小，擠一擠可以擠出幸福來哦」這樣的句子。節儉餵養的果實是甜美的。而其中最大、最多汁的果實就是年度的出國旅遊。

問題是，有時果實賣相好口味差，而且多半需要與他人分享。經過多次的慘痛教訓，我學到我不喜歡跟團旅遊的緊迫，更不喜歡和陌生人在歐洲的中國菜館坐一個圓桌。原先我是拒絕跟去西班牙的。母親好說歹說，一句「說不定是最後一次家族出國旅行」讓我心軟。見我軟化，她馬上在網站下訂套裝行程。接下來的幾天，她按照旅行社提供的行程表蒐集網路情報，什麼好買、好玩、好吃；當然也看了不少各國旅人拍下的糟糕風景照。母親憂愁而欣喜地看著平板中，晚我們六小時起床的西班牙王國，有時也用同樣的眼神看著沙發另一頭她興致缺缺的兒子。

十三天的旅行中，她最期待高第期待聖家堂。陪她走過法國的羅浮宮，美國的迪士尼樂園，都沒見過她這麼緊張。或許因為知道教堂仍在施工，就像刻刻變化的夕陽。或許因為以前旅行時我和妹妹都還小，小到讓她以為永遠不會長大。總之用希臘哲學家所說的「人不可能再次踏進同樣的河水」形容她此刻的心情特別貼切。情緒滋長成塔樓，吸氣時長出肋骨的梁柱，吐氣垂下顫抖的枝葉。我看見她粉紅色圓鏡片底下的臉微微發紅。

她遵照指示帶全家人上廁所，絮絮叨叨地抱怨領隊圖方便壓縮行程，五分鐘就餵給無可奈何的生理需求，遊客豐沛的尿水在聖家堂底下伏流成一條洶湧的黃金河。這時我們早已明白「現在」是毫無希望的。走過我們勢必大片大片地錯過。因此給紀念品店的十分鐘是取巧。全家人看著玻璃櫃裡陳列的小聖家堂，就是看著未來。只要把它縮小、壓平、編織、各種造型，把它帶回家。把高第帶回家。把西班牙帶回家。把耶穌帶回家。甚至把看著玻璃櫃的我們縮小帶回家。旅途就可以繼續下去，我們

都以爲——我們被幸福地蒙騙了。母親說的沒錯。上大學、大學畢業，我不會更有機會加入她的旅行團。退休後，她與父親兩人陸續去了韓國、奧地利與埃及，我們都沒跟，她爲我和妹妹帶了紀念品。我沒有邀請她來參加我高中的、大學的畢業典禮。

我問自己：我是不是總是在關鍵的時刻怯場、裝忙？

填志願的時候。父親心臟出問題的時候。當他們對電視裡氣質陰柔的男生語帶歧視的時候。因此就要差點出櫃的時候。注意到她不再自然的擁抱我的時候。

此時此刻，此時此刻。多麼讓人睜不開眼睛。

剩最後的五分鐘在聖家堂裡面。母親又一次舉起相機，催促父親、妹妹和我就定位置，好讓她放妥在方框之內。一向害怕鏡頭，可是我又再次被她騙了進去。背景是未完成的，我也是一座未完成的教堂。她將相機遞給好心幫忙的其他外國旅客，開始倒數，在她的帶領下我們全都笑了，照片的正上方是那尊童貞的瑪利亞。拍完照，母親抓著我的手，與小時候牽我的方式一模一樣：抓手腕而不是握手掌，這樣才不會不小心就放開。她問，二〇二六年聖家堂完工，要不要再帶她來這裡。我忘記自己有沒有欺騙她，但記得當時集合時間到了有些匆促混亂，因爲除了我們之外的旅客已經全數走出去，略成兩翼圍繞領隊。都是了無遺憾的表情。

白線

我七歲以前所住的和室裡，有兩種重要的線：黑線和白線。黑線是每天睡前必聽的錄音帶。當時的我迷戀重複，每天早餐都要喝康寶玉米濃湯：如果能確定這將會是無可挑剔的套裝旅程，多經歷幾次又有何妨呢？錄音帶本身就比電視更具備重複的美德。我也喜歡它們令人滿意地捲好，放在盒內的凹槽，輕輕搖晃盒子，聽起來就像穩妥地放置不同學名的海螺。有時將黑線旋出一段，像海螺探出的肉足，小心地用手指戳戳它，又擔心指紋會毀了保存在裡面的故事。白線隱藏在蘭草色的紙牆內，牆面如蝴蝶標本，低調地反射如緞的光澤；白線彼此平行，某些點上泉水冒出地表般，露出誘惑的線頭。

我常趁沒人注意的時候偷做這件事，把線從紙上撕開，小心控制力道，怕會流出血來，躺在地上捏著線，我和它之間有股說不出的張力，讓它向上再裂開一點（線撕開的地方顯現蒼白的底），得到滿足、或者因為緊張許久而感到疲倦就罷手，可是就像加熱過的蛋白無法回復成透明的液態，線醜怪地懸掛在那裡，記錄著進度也標誌我的惡行。

我躺在枕頭上，回到未完的實驗，有時左右旋轉線頭，淺淺笑著，心底感到一陣搔癢；有時用指腹按壓、彈撥緊繃的弦；它是一架我不想走完的天梯。在另一次尋常的例行拉鋸中，我大意地錯估自己的控制力。一切發生的比想像快太多。先前目測抵達天頂的路程還很長，根本沒想過真的發生要怎麼面對。維持的平衡點，突然內在零件崩解，線是被點燃的沖天炮一股腦地往上竄，一路上蘭草色天空霹啪作響，直上最頂端。

有一兩秒，沒有天空、沒有實驗，只有一個我，我身上的一點，被奇怪地懸掛著。雲霄飛車靜止的地方。

線斷了。雲霄飛車沒有高速向地底奔馳，反而往後慢動作翻倒。斷掉的線煙一樣在半空中疲軟地、不甘願地彎折，為了爭取更多的時間。我躺在枕頭上心跳快速，劇烈地喘氣。

不過這並不代表什麼的結束。我很快就把此事忘得一乾二淨，新的白線開始展開它的誘惑。我沒有記住無法停止地迫近天頂的恐怖，也不曾回憶在那一兩秒鐘，是否看見頂端有深邃星空的宇宙短暫地打開。

我會提筆，是因為有天我發現媽媽把錄音帶連同其他玩具轉送別人了。我和黑線的關係早就不比從前，因此只感受到隱約的悵然，彷彿極遠的地方傳來模糊音樂。讓我嚇了一跳的是回到和室看到牆上的痕跡。高高低低長條圖的山水畫。（一直以來它並沒有離開，而且遊戲也不再叫做「白線」了。）看著牆，我玩起遊戲，牆的另外一邊，有人正在山的深處拉扯。我想著扯著我身體中的白線的那個人。

箱中美人

近中午，乳白色的客廳滿是日光與熱氣，陷入「月窗」，打在賴床的母親身上。就像月光打在墨綠色的山丘上，局部的山丘彷彿懸浮在空中，在黑色的雲朵裡膨脹又放鬆。八點鐘起床的我，已經在星期六過了三個小時，吃過早餐，在皮沙發上顛三倒四地玩耍了一輪，母親還在星期五裡。我搬來螢光黃的小凳子，為了從窗裡偷看母親到底起床了沒有。父親知道母親寵愛我，因此總是派我負責在假日叫她。顛起腳尖才足夠高，雙手撐在木鞋櫃上面，我得維持一個累人的緊繃姿勢才能看見，但我卻常常看得入迷。就像從傻瓜相機望出去的世界，和室裡的母親有種純粹物理性的美感，如此實在而無法觸碰，我只能透過持續的觀看保有它。母親睡在一個幾乎不可能打開的箱子裡。我想到的是用來存放底片與相機的防潮箱。母親還沒睡醒，如果她睡醒，就能抬頭看見我在月亮裡：一個努力顛腳的小仙人。

我十分想念童年時光，因為那時候的我雖然很聰明，但把聰明都放在研究外頭博物的世界，沒有把聰明放在母親、父親與妹妹身上。研究他們，為了驗證我們的相似卻發現我們的不同；只要一把聰明放在某個人身上，你們就不可能綁在一塊了。你必須（或他必須）退後。評估那段距離。聰明是一種漆彈。全家人會被我打得很煩。我想念我樂觀的童年，當時我對動物、軌道車與地球的起源比較感興趣。成長將我轉向。我迷上探討關係、分析案情。生活發生擦撞的時候，我會拿出過去熟練的行當：把事情放回軌道賽跑，企圖探究今日之所以相撞的結構性原因，並且抱持一貫的天真，以為唯有通過反覆的意見交換才能通向完善的溝通。母親吵不過我，最常用的結論是「你最聰明」。她的怒氣中包夾了受傷的埋怨，怪我沒有告訴她就自己跑得太遠。跑到一個螢光黃的小凳子上。然而在心底我知道我是過度感性想將大家勉強綁在一起。客廳每天都比前一天多了一些不能忍受的角落。因此聽她那最後的反擊，我就覺得比起她的傷心我是更加聰明地傷心。

在和室裡

他仔細搜索記憶，閉上眼睛，像在黑暗裡摸到了一根線頭，一點一點小心地往上撕，在那個他踮腳尖也碰不到的高度，游移朦朧的起始，最初，他的房間就掛了這一張三思圖。超過半人高，懸在藺草色的和室壁紙上，在他還沒高過餐桌的時期（僅略高於一隻狗的視野），這圖顯得如此巨大，簡直就像一扇門，那頭白霧茫茫，站著三隻白鷺，淡墨乾筆勾勒的羽毛、枯枝般細瘦的腳升起了霧，讓牠們隨時都沾滿了水氣。牠們踏在藺草色的沼澤之中，彈珠般油黃的眼睛正在覓食，搜索積水裡的移動之物，他躺在地板上——那麼，其實該是在水平面之下了，呼吸的氣泡會引來那些尖銳的喙無情地拉扯。抓到那個門後調包。三隻鷺鷥長得一模一樣，其中兩隻站在一隻的後面於是更小一些，腳也被輕易省略了，就像兩個分身在本尊後面排隊，命運一般堅定。或許已經有一隻飛出來繞電燈盤旋，伺機將底下的小孩抓走。

在還沒高過餐桌的時期，他並沒有「房間」的概念，對他來說這裡更像

是「巢」。他始終沒有問過父母，當年他們新婚買房時（已經懷上了他，卻還不知道他還會有個妹妹），親自參與室內設計，爲什麼會在客飯廳打通的開闊空間裡，隔出這突兀、像收不進櫃子裡的抽屜一般的和室。但對當時的他來說，外頭的世界反而是突兀的：過遠的天花板、冰冷而黏人皮膚的沙發、磁磚地板、當門上的風鈴（警示）大響，隨時可能出現的陌生面孔——這一切都讓他保持小狗般的警戒，身體裡裝著一隻小茶壺沸著。而且……外頭的世界，都得穿上鞋子（或拖鞋）。這才是他眞正在意的。和室如一只裝糕點的精緻竹盒子，糊上薄紙的拉門，點上燈時就像燈籠，像一只隨時可以攜帶走的軟包袱。和室裡頭鋪置了各種花色的床墊、枕頭，他隨時負責巡視任何露出的木地板，照料傷口般用布料填補它——這裡不是一個房間，是他用棉被築構起來的窩。和室離地墊高外邊二十公分，頗有花萼或碗的意思，不過他覺得，這樣它就更像一艘膠囊太空艙，懸浮於全然的黑暗與眞空；可是，他又忍不住透過縫隙偷看外頭的父母與客人談笑風生。兩件事情讓他失望了：一是他至今尚未發現那墊高的二十公分底下是填滿的還是隱匿了什麼。二，這艘太空艙從未在這個屋子裡移動任何一吋。

幾乎在同樣的盡頭，也就是三思圖的那端，妹妹已經出生，並且躺在他的旁邊。他試著把線再撕高一點點，卻徒勞無功；他無法記起這個家還沒有妹妹的時候，那身爲獨生子唯一的一年。既然忘記了，或許從來就沒有。他與她沒有眞的擁有過孤獨、年齡差、剝奪感，他們像一組同時降生的雙星。母親常對他說，凡事多讓妹妹，爲什麼呢，因爲你多了一年我們給你的愛啊。他始終無法被說服，反而執著地相信，妹妹同樣不會感受到差別，他們所擁有的愛不是閃電，光與聲音有先有後。他與她

在「裡頭」，他們的影子如一窩兔子在棉被高低起伏鑽來鑽去，誰也分不清誰，在祕道裡，有時他們甚至會撞到另外一個自己。於是我們得更改一下先前的敘述，在所有的場景裡再多畫上一雙眼睛。那三思圖下並排躺著的是他和他的妹妹；風鈴警報響起的時候，是他還有她滿屋子沖天炮亂嚷亂跳，但只要門一打開，又寂靜的如一座空城；是他們一起躲在和室的門縫看大人們在做什麼，映成兩個小小的人形在紙門上，是她的大拇指總是不小心在紙門上戳穿一個小洞。

和室從來就不只是他的。在他還有她都還沒有高過餐桌的時期，一家四口都睡在三思圖下這間和室。冬天換上墨綠鑲金邊的厚被子時，這些綠海浪就要變成四座山丘：兩座大的，兩座小的。而這也是線的起點，他們原本就是睡在一起的。他們似乎由此不自覺地分清了「家人」和「外人」。不管經過怎樣的白天，他們各自蜜蜂般在屬於自己領域的花朵移動，夜晚終究會脫掉拖鞋，到裡面一起變成並排的四個小山丘。藉由睡眠，他們就像同一個星座，一起移動；他們在一個電梯車廂內，即便擁擠，卻能真實地感受到彼此的存在。回憶起那段快要斷線的睡眠時光，他腦袋裡冒出睡前他們常講的「牛便便」的故事。不是牛糞，是「牛便便」，為什麼和小孩子講這樣的故事呢，想來也真是奇怪。四座山丘輪流發話，「從前從前，有一個善良的小男孩……」。長大後，他問妹妹，「然後呢？」妹妹說，有關寶藏。嗯，我也記得有關寶藏。那牛便便呢？「善良的小男孩對牛很好，牛臨死前對他說：去挖我便便的地方，能挖到寶藏。」可是他又記得，「想害小男孩的壞人，要去挖寶藏時，挖到了一堆牛便便」。……他們再也挖不到這個故事了，無論是寶藏還是便便。雖然當初的故事是輪流講出來的，但確確實實只有一個版本，要不

然他們怎麼能知道對方下一句會說出什麼話並搶先說出來呢？不知道為什麼他也記得這是個哀傷的故事。

深夜，故事落到地縫裡被蟑螂撿來吃的時候，他倘若還沒睡著，就得小心兩樣東西。一是父親的鼾聲，那粗魯起落的聲響和平時的父親太不相同，讓他不自在。另外一個是月窗，那是和室唯一開的窗，挖空呈彎月形，透明玻璃封死，木條隔出方型的小窗花。讓他害怕的是夜裡（或是他的夢裡），發現有人在客廳走動，而身邊其他三座小山丘則毫無動靜，他知道那個影子緩緩接近月窗，把它的臉貼上玻璃（並泛起白霧）向裡頭探望。他縮成一顆胡桃，不敢向那兒看，沒法確定它是否還在那兒。月窗是隻巨大的眼睛。安全的地方很少，和室裡是最安全的，但他總在這裡感到不安。我們可以說，在離開船艙之前，這是他第一次感受到孤獨。

還是在同一個盡頭，舅舅打從一開始就住在他們家，或許……他有點猶豫，事實上是同一個盡頭，但心理上，舅舅是遲到的。不是因為血緣遠近，更不是因為舅舅的愛分量比較單薄，他只想到一個緣故：舅舅晚上不跟他們睡。那時兩樓之間還沒打通成樓中樓，舅舅一個人住在樓上——其實大部分活動時間都在他們這樓，只有睡覺時回去。我們可以微調一下前面的敘述：當警鈴大作亂嚷亂跳至一片死寂後，如果他們發現推開大門的是舅舅，就會雨後春筍般冒出小毛頭來——舅舅的出現通常都是帶著歡樂的——他愛說笑話，愛把他們當作小大人討論嚴肅的問題，常帶禮物，常幫忙說情。舅舅是例外的代表，太陽的代表——就像舅舅油光滿面微禿的前額。他不知道舅舅也參與了房屋的設計，也就是說，舅

舅不只更了解，甚至更先於他擁有這座和室。但出於尊重，舅舅幾乎從未踏入它。這顆懸空的家的心臟。

不知何時他養成了壞習慣。某夜，輪到他靠牆睡，他在牆壁與棉被間胡亂摸到一個線頭。起初以為是棉被，他輕輕地扯，發現線頭連接在藺草色牆壁上像一隻小小的尾巴。他好奇地開始撕起來，一點一點往上，他想知道，這條線會通往哪裡？（通往樓上的房間，連接到其中一個舅舅放小物的抽屜？）他邊扯邊撕，揭開藺草色牆紙，後面還有另外一層白色牆紙。那條線就像他尺蠖般的手指，一屈一伸地向上爬，逼近邊界。在黑暗中，他實在難以確知到底撕到多高了。然後，啪，線斷了，他的心也隨之震顫一下，有甚麼輕飄飄隨風箏飛走了，一團軟弱的線縮在他汗濕的掌心。不久他就發現到那裡有上千的線頭，只是有些顯露出來，有些還編織在壁紙裡頭。他心裡有種幸福的罪惡感，他知道，每當他撕著壁紙的時候，都像小心的撕開自己的皮，會傳來一陣酥酥麻麻的痛。他想把牆一點一點地撕開，他抓著那些頭髮般的線頭摩娑著，他想總有一次那條線會抵達某處而不會應聲斷裂。他偷偷和妹妹分享這個祕密。於是，他們趁父母睡著時，並排睡在牆邊假裝睡覺，手裡卻一同偷偷撕著壁紙。就像在剝枇杷那樣。

其實誰也記不得那天早上是怎麼了。外頭天已大亮，陽光透過紙拉門透進來，像皮影戲的布幕，他和妹妹裝在戲臺後面。父親母親早起，不知道是出門了抑或在屋裡某個角落忙碌著，他們也不全然睡著，微微擱淺在床上，在夢的沙灘一呼一吸地換氣。一面影子投遞到他身上，他被驚醒了。首先他發現天已經全亮，然後他感覺到有人從月窗偷偷窺視他們。

是舅舅。難道他開門時連風鈴都沒有響？（父親母親都在外頭。）走近玻璃，舅舅先是看見自己的倒影（一瞬間甚至對自己的樣子感到有些困惑），於是他把自己的臉貼到玻璃上看，倒影融化在黑暗中，兩個孩子蜷在被窩裡睡得正香，像躺在水族箱底的兩尾小金魚。這不是一般的時間──有時透過相機的觀景窗也可以到達，他感覺自己彷彿是未來的使者凝視著過去。影子從月窗消失了。（舅舅一定以為他睡得很熟吧？）他看見影子先被牆遮住片刻，隨即靈活地游移到紙拉門上。刷。舅舅突然拉開。逆光的身影顯得格外龐大。他們兩隻捕獸器般彈跳起來。妹妹瞪大雙眼尖叫，躲進被子裡，一會兒冒出頭，舅舅還在，她尖叫，她蒙起頭，再冒出來。他對妹妹說，小聲點。舅舅不斷出現、隱藏。後來母親說起這件事，那天舅舅不過是要給他們一個驚喜禮物……他不記得是什麼了，但有一陣子，妹妹都只會叫：壞舅舅。

之後發生的事情都很快。舅舅結婚，搬出樓上的房間，從此沒有在家裡過夜；他們長高過了餐桌，被要求自己獨立睡一個房間，上小學了；父親母親決定把兩樓打通，在樓上規畫他們各自的房間；舅舅的房間因為重新翻修已經看不出任何痕跡；他們參加了人生中第一場婚禮，做花童灑玫瑰花瓣；然後，他發現舅舅消失了──不是真的從生活中消失，而是像被撕掉了一角。他以為是結婚的緣故。剛搬入自己的房間那陣子，夜裡他會將整個頭埋起來，並想起有次母親發現他和妹妹躲在被子隧道中氣喘吁吁、滿臉通紅，母親怒氣沖天地責罵，她說他會把自己和妹妹悶死。那是他第一次對死這樣的空間有所概念。這幾天他時常夢見父親與母親的死。他並沒有親眼目睹，夢裡都是後來的場景，一間和室般的靈堂。往往要等到醒來他才開始難過。當他從屬於自己的那座小山丘鑽

出來，卻發現這裡已經變成一間儲藏室。他想起來，妹妹終於也消失了。斑斑駁駁的牆紙沒有換新，他從裡面找到一個線頭，拉起來，突然又怕起握住另外一端的手。他咬牙，刷地拉開，藺草色的紙下面，他自己是一身白色的羽毛。從牆上，另一隻鷺鷥正飛下來，代替他推開紙門，走出和室。

梅子

阿嬤過世已過一年，骨灰罈從暫厝的佛堂遷至方興建完工的摩登塔位，最後的青梅也給分裝成一小矮胖瓶，擺在冰箱的最後面。

它的前面站了西班牙買回來的覆盆莓果醬、過年時做來送禮的蜜金棗、還有深紫的桑葚在透明的房間開甜美的派對。這些色彩繽紛的罐子補充的太快、頻繁地被使用，以致於後面的前輩變成了他們的影子。停滯太久就被記憶擱置下來，這些深橄欖色的梅子知道他們的命運。我們幾乎都忘記那是阿嬤留下的最後一道佳餚，它乖乖地冰箱裡排隊，同辣椒醬、醬油膏無異。

隨著一次、一次的祭拜，阿嬤都更接近菩薩一點。並不是說，每次焚燒的香與金銀紙都像燃料，催動某輛不知名載渡赤身幽靈的船艦，每一名遠赴死亡學校開學的新生，手中也不大可能握有累計里程數的票卡。我不知道阿嬤是否更接近西方世界，可是穿上香火的袍子，她的確和菩薩

的畫像相似起來：脫離我們所處的立體世界，進入象徵，抽成線條，失去用聲音說話的能力，只能偶爾透過夢境傳達她的意思。菩薩在畫中不會轉身，總用同一面示人（通常是正面，想想這是人們極少在生活中使用的一面），阿嬤的遺照經過去背，似乎想抹除她存在於時間與空間中的軌跡，框起來，把走在地上的腳與工作的手拿掉，好像是我們眺望死亡世界的一口井——。這麼說並不正確，親人並沒有真的在凝視中投入另一邊去，我們隔著阿嬤的臉做的帳紗，並把這張臉往上擺往旁邊放。對於此事，阿嬤在天（花板）之靈作何感想？連為她做的儀式，她都在那窗戶裡，永遠當個隔壁鄰居。

她在天之靈是否記得遺照拍攝的那天，當時她並不知道，而這時她知道，這是即將代替她繼續在地表待個五十年的那一刻，因為她笑了，於是揀選的親人們將她挑出來，從她少有笑容的晚年裡頭——把那些痛苦的針線痕跡翻到背面去——讓她繼續笑個五十年。她或許會想，不，不是這一刻，這樣的她並不代表我，我的人生，我在天之魂靈。她在天花板上感嘆，死亡多麼平凡，這麼隨機的挑了一張生活照，死亡就是這樣挑了一個瞬間。她的親人在一次、一次的祭拜中，逐漸開始認同照片的樣子，她對記憶失去越多的影響力就在佛國獲得更高的法力，她在親人的腦中修煉得道，更遠更高就不再管人間事。她的死亡變成了常態。最後所有人會習慣，彷彿她很久以來都是以「已故親人」的形式存在著。在煙火的伸展臺上她來回走動，心想，人的記憶真的是非常懶惰啊。

不小心想起這件事讓人感到十分奇異，那是——其實，我和妹妹以及爸媽也在遺照裡。我們用電腦仔細裁切，像夾娃娃把阿嬤領了出來，或者，

把我們從物是人非的感傷裡面剔除出去，就像把蟹肉從狹窄的螯裡面剔出來。

大部分的時間我不會想起來，我「開始記得」那去了背的偶然被捕捉的笑容，而把那放在冰櫃裡的身體，她生命最後面的樣子忘記。我也把冰箱裡的梅子當成平凡的食物，卻沒有意識那也是她，她躲在冰箱裡，她的手，那被照片截去的工作的手，還在罐子裡隱形地搓揉。我有一種非常奇怪的感覺──如果我開始去想──這些梅子並不是「遺物」，比如舊衣首飾重複使用長久不壞，這使得她不在那兒，或者說，即使曾在，她的痕跡也會蒸發不見；他們做為一次性的消耗，更像是「遺命」，因為那是她「親手」做的，要增減他們的數量並不可能，食物也有壽命，是的，他們只暫時製造生命延宕的幻覺──讓我有一種奇怪的感受，彷彿她的忌日並不作數，青梅是數算她生命的小石子，不是在火化爐裡，而是在我們的口中，進行著她在地球上最後的消滅。

阿嬤失智症越發加重的幾年，我越來越不確定她是否還住在那皺皺的皮膚裡面。在她臥床不起、認不出兒女時，她的臉像梅子一樣越縮越小，異常嫩白的小腹卻月亮般的鼓脹，好像在進行著祕密的交換，首都的遷移，我們難過卻又帶著驚異的看著她的轉變。在肚皮搭起的白帳篷裡，是誰在裡面開會呢？「自我」究竟是慢慢的逸散掉，還是被前來交易的商人直接帶走？

病情較輕微時，她似乎與身體偶爾接觸不良，密合時一切對談如常，鬆脫錯位時，她的人格似乎放歪了，眼睛沒有對上眼洞，疏通記憶的水道

也堵塞。大約在這段時期，那年的梅子上市了。她帶著看顧她的印尼女孩買了兩大籃子，回家醃起梅子來。印尼女孩不會臺語而她也不再仰賴用流暢的語言溝通，她們用心領神會的方式做梅子。或者印尼女孩用錯誤嘗試她心裡說不出來的食譜；或者阿嬤和（過去記憶的）外人交談時反而能夠自動恢復正常；也許，這全然是印尼女孩的梅子。當這個寫作者的句子太過令人費解、字跡太潦草，我們不禁要懷疑編輯和註解家是否越界，鬼魂代筆。

有這種可能嗎——當她發現自己的腦子已經不管用，沿途設滿「此路不通」的障礙，她就勇敢地當機立斷的作出抉擇，就像內戰時搶救故宮各個朝代所留下來的珍奇寶貝，她把關於我們的每一個片刻，關於媽媽以及我和妹妹的出生，我小時發明的每一種奇特語詞，我出於嫉妒而對她買衣服給妹妹一事大發雷霆（啊，這連我都不記得了），有的是易碎的汝窯、有的是字畫，更有微不足道的小事，翠玉白菜擺在心裡正中間——她把這些說不完的記憶片刻從手裡傳出來，讓糖以及鹽都深深的吃進皺摺；那一球球小烏雲被收起來，沉浸在深琥珀色的汁液，好像是具有生命的岩石標本，不時會有閃電交錯。她要梅子記住。

每次當我用筷子把一顆梅子夾起，放入一杯熱水中，梅子的顏色有青有黃像玉開始擴散，有時因為濃度差異，從梅子上會長出變形蟲一般透明的偽足，我都會睜大眼睛仔細看，是不是有什麼我們稱之為靈魂的東西從裡面竄出來。

另一種語言

1

在馬槽或現代醫院出生不由嬰兒旅客決定（比如我，是在出生後再也沒有踏入過的臺安醫院），他們或多或少是乞丐王子、安那塔西亞，只是他們並不知道，上帝保佑。某些生物出生後會緊緊跟隨身邊最大的移動物體，視其如母；顛倒過來，如果見到綠頭鴨就會有綠頭鴨母親，自動吸塵器——自動吸塵器母親。多可怕呀，被這樣隨機擺放，產生出隨機卻自認為深情的親子關聯，這震撼了生物課堂上的我。這還不是幸好，當時我身旁的是人類不是其他；幸好，她就是我親生母親。我並沒有錯亂地在某隻倒楣的寵物狗身上瘋狂找尋乳頭。母親在我身邊向道喜的親友說話，母語等於媽媽在說話。它擺在出生的我身旁。我注定自然地跟隨中文，就像一隻搖搖擺擺的綠頭小鴨。

我不大會說臺語，說得不好，也不太願意說。臺語和中文許多地方如此

相像，可是又會在我認為理所當然處鬧彆扭。不相符、落空的地方，彷彿突梯的玩笑，彷彿在阿姨身上看見了母親的淡眉毛、圓臉——卻有一只高鼻子，我特別介意那鼻子，使得我與八成相似母親的阿姨疏遠了。後來課堂上學到臺語保留了唐朝古音一事，阿姨就進化成姨婆，自傲地堅守過時的品味與美德。我也想到一代女皇武則天；中文則是有一些任性與囂張的小燕子。

比起聽懂臺語，開口說才是真正的災難。我臺語的聽力其實不壞，而這只讓情況更糟：在腦海中先掌握正確的發音與內容，默默排練暗喜萬無一失，一開口，句子如蘋果被削皮，顯現不知何時撞到的瘀傷，坑坑疤疤；對話的溜冰場上，發音不是站得太僵直就是頻頻摔倒；我像胸懷滿漢全席卻燒不出菜脯蛋的廚師。我想起高中時，叛逆地背棄從小到大的古典音樂訓練，進熱音社學電吉他所面對接近羞恥的挫折。

國小到高中，我都是班上（甚至全年級）那個最會彈琴的孩子。從來沒被質疑過的天分，變得十分可疑。在同學與學長厚重的期待下，我幾乎覺得自己是名詐欺犯。高貴的勳章格外輕盈，像隨便一片小碎紙別在胸前。（其中一個勳章：小五，對面那一邊〔五年六班到十班〕，傳說中的鋼琴天才約我到音樂教室「決鬥」；雙方各奏一曲，他騎士般地承認落敗。另一枚勳章：小二，班上才藝表演結束，又到隔壁與再隔壁班「巡迴」，導師踩著風琴踏板讓小小的我彈莫札特奏鳴曲，尊榮如高力士為李白脫靴。）

同學沒有收到我一夕轟動、竄起為社團明星的消息；學長沒有捕獲天賦

異秉的學弟。第一次社團課驗收，我實在稱不上順利的表現，使教室壟罩一片尷尬的烏雲，好像我的失敗，不只使他們的期待落空，還損害到了他們的「自尊」。若鋼琴鍵盤是光滑的水面，我的雙手就是幽靈般敏捷的水黽，尤其左手，敏捷又有力；吉他指板上，左手瞬間淪為臃腫的牛蛙，橫衝直撞——打亂節奏生態系的不速之客。我逼迫自己接受這隻不討喜的新寵物，悶著頭在不會有人出沒的校園角落練習半音階「爬格子」——對，就像練習語言一樣，結結實實地在稿紙上吐出一個個字，慌張又不耐，邊練琴邊吹著二樓的冷風，底下是籃球場與鬥牛的男孩，我懸掛在他們上面，我的手是笨拙蜘蛛，不會結網。

學第二語言就是學第二樂器。原先裝載在身體裡的內容，成了憋在內裡無法宣洩的東西，灼熱地翻攪，逆流食道。不多久，我就將臺語束之高閣。（在客房、被撤清、彷彿非我所有的電吉他。）它還在我的裡面，但異物被新肉掩藏，密室的密道毀棄，共生互不打擾。生鏽而僵硬脆弱的絃是我臺語的舌頭。

2

我聽得懂臺語。周六晚上八點鐘，就在看完中視最新一集神奇寶貝後，媽媽會和住臺中的阿嬤通電話，自大學時代開始，至今已經連播千餘集。她們講的臺語是客廳角落的「方言」，電話是田野記錄的機器，阿嬤住在機器裡面。我讀小學時，阿嬤一段時間就上臺北住一陣子。下午四點，她到鋼琴教室接我，問我要吃什麼點心（用國語，因為不常用使用它，口氣和情感都變得小心翼翼）。這隻訓練有素、不會自己討食的小狗，

往往不動聲色；我們會有默契的散步到國中對面的便利商店。她知道我吃魚漿做的龍蝦棒會特別小口（想像它是從千百道關卡後，石槽中取出的神祕食物，吃了能學會瞬間移動；想像它是真龍蝦肉）；她知道我想要彩色小抱枕般的零食包，她以為我我和別的孩子一樣喜歡零食。或許她知道我喜歡的是贈送的神奇寶貝鬥片。阿嬤過世前對我留下的最後三個印象：第一個，還沒上幼稚園的我把家樂福取名叫「零錯角」；第二個，我對著她無限反覆唱著一首叫「山洞洞洞洞……」的歌；最後一個，嬰兒的我第一次吃副食品，她拿小湯匙餵我水蜜桃，我對這個世界感到不可思議的表情。我們透過便利商店的落地玻璃窗看到大門口兩隻大白獅子，媽媽在辦公室裡改作業，爸爸教理化課，不久他們會為了升遷與應酬大吵一架，我和妹妹會躲在和室的棉被裡，感覺自己是塞在大紙箱中、去留未定的小貓。我和阿嬤正享受「下午茶」（只有我在吃），她心裡打算為我買一架鋼琴，兩年後，我黑色的大玩具會從想像的世界完完整整地掉進頂樓加蓋的「二樓」。舅舅已經搬離「二樓」結婚買房，我和妹妹是他的花童。當時阿嬤還記得我所有小事，我反倒糊里糊塗，只記得對她（無聲）許的下午茶願望；任務完成，阿嬤又會消失（大人不會告訴小孩他們的行蹤，這實在非常的不公平），回到她的電話神燈中。

媽媽歪在沙發扶手上講電話。大人以為我忙著看電視，其實我在偷聽媽媽講電話。（小心平時聒噪跳躍如乒乓、有時卻穩重深沉如保齡球的孩子！）她們的說話只有一半的線索，我習慣它一半的樣子，就像月亮，我們得相信它。我們總不會就認為月亮是臉盆型的吧（凹進去的月球背面住滿了電話另一端發話的人）。

她們談論親戚，就像我們私下談論同學，富同情心又帶著刻意營造的距離感。不熟識的親戚在我腦海中，原本只是節目單上短短的角色簡介，現在經過合唱隊提要，頭頂上掀開了布幕。褒貶論斷後，家庭悲喜劇盛大演出：木偶的臉就畫上代表的性格。從此參加例行的家族聚會，我就能向上偷窺關係串連的樣子（提線會被綁在一起）。這是旁觀者的歡快心理——她們談論的內容多半不愉快，是煩惱、忍耐、無處可訴之委屈。汨汨流出泉水的石壁的客廳角落，媽媽貼在上面如壓低聲音的青苔。還好他們以為我聽不懂。有句話說，小孩有耳無嘴——大人全神戒備對付最白目的口無遮攔，卻低估了暗地接收訊號的小耳朵。

即使內心小劇場，我（裝在電視兒童裡面的我），還是併攏膝蓋，保持神情嚴肅，得到獎賞卻不能喜形於色——這是旁觀他人痛苦的第一守則。有時她們也聊購買日用品的心得。有時她們會聊到我。外頭看起來，我還是待在原地看電視，但真的「我」早已變成兔子，往身體最深處的小洞穴鑽進去啦！

3

我的臺語是偷聽媽媽和阿嬤講電話學來的，一周一次空中廣播教室，我只聽得到媽媽這邊，空白的時候是留給學生複誦的時間。從現在回望過去山丘，無論尖酸批評、苦楚、話家常都蓋上一層淡紫色的霧靄，內容迷濛不清，只有語言的韻律在霧中上下起伏；一陣風把那座山丘上竹林的聲音帶了過來。

阿嬤失智兩年了。媽媽從每周六打一次電話到天天通話，無意間透露出疾病的進程。星期二沒跟她講話，她就閉上嘴巴退化成花草，像她為客廳畫的四君子圖（她聊齋地走進去）。星期三打去，她還待在畫中，記憶沒法解壓縮成立體世界的形狀，她困擾的神情，像接到陌生人來電，對方卻堅持沒有撥錯。「陌生人」得小心交涉、以溫和的肯定替這株起疑的梅花澆水，讓她曾經熟悉的話題導入樹根 ── 希望這使「她」星期四能夠回來，希望月亮能從影子裡回來。

另一種世界，在畫裡面，語言是什麼狀態？阿嬤能對自己說話嗎？還是入畫就像暈眩，被丟到某個咖啡杯上旋轉一陣子？她「回來」時，家裡的人都不敢問，不敢和她說，她剛剛不在這裡……我想起，不知道從哪一次消失開始，爸媽不再問我，連續幾天不回家到底跑哪去了。他們害怕說破讓她傷心恐懼，也害怕吵醒專司遺忘的白色的鬼，繼續停工的占領行動。我於是在這個男朋友與下個男朋友的住處為期數天至半月不等地流連，阿嬤在局部損毀與數位修復的記憶間徘徊。家人自動剪掉他們不認識的部分；我們「在家」的時間，前後被黏續起來，自成一條時間線。

阿嬤的情況惡化了。來來去去的不再只限於事物的記憶。她的臺語開始破碎，意思無法被區辨，說出令人費解的謎語，斯芬克斯擋住了她，擋住讓她來找我們的路。這是一組糟糕的雙簧搭檔，她在後頭說的話，都被牠的爪子抓得四分五裂；臺語是她懷裡被貓弄亂的毛線團。

小學一年級，我白天學注音符號，下午放學回家，小老師就在客廳對阿

公阿嬤教正音。我唸一次他們複誦。阿公在嘴裡把玩「題目」（如稀奇的小玩具），嘻嘻笑，全部的心神被快樂的情緒占領，「題目」就扔在一旁，課堂常常因此不了了之──小老師不大欣賞這樣的態度。阿嬤是好學生，她總自豪自己的國語比其他老人，尤其是阿公，標準的多。她認真、不大放心地和我確認自己在「水準之上」。講一口好國語──在她想來該是挺摩登的吧？──她年輕時就「跟得上時代」，用日本雜誌上流行的樣式做衣服。（看相片才知道，她替三歲的我做了小背包、帽子、連身卡通青蛙裝。）

我教阿嬤一句繞口令。我說「粉紅鳳凰飛」，她說「混紅闓黃灰」。是粉不是混，這是進階題，小不點的我安慰阿嬤。但是……是飛不是灰。（一來一往重複，需要不停熟練的咒語。）後來一講到小時候的「正音課」，「粉紅鳳凰飛」就成了課程的代名詞，長大的我對自己小朋友時代的好為人師十分害臊，像隻隨時要鼓起來打架的河豚，阿嬤一提，我就鐵青著表情掩蓋脹紅的臉。這時我最怕她加上最後一根稻草，將全場焦點轉向我：「所以，混紅闓黃灰，這樣唸對嗎？」──我離地飛走，羽毛不剩，從樓上傳來：「對啦對啦，很標準啦。」

把大人遠遠甩在過去的時間裡。這時，罹患阿茲海默症兩年的阿嬤正試圖掌握新的語言，掌握自己，拿回主控權。同時家人判定阿嬤不能好好照顧自己，請來了印尼籍的看護安妮。他們告訴阿嬤，安妮是來幫忙打理家務的。安妮會說中文，中文包覆在她的國語與（對我更陌生的）方言裡，表面彎彎曲曲，像黃綠色的熱帶水果漂在水面上，像甘美朗演奏〈茉莉花〉。來臺不久的安妮還不會臺語。她接下阿嬤在家裡的工作：

上市場買菜、準備三餐；也包下先前阿嬤不用做的事：打掃透天厝裡外，看護她所被託付的老人（阿嬤本人）。當阿嬤說話行動靈便時，她是祕書、學徒、華生與桑丘——規畫行程與備忘、上市場下廚房、蒐集某個不存在的「小偷」的線索、對抗冰箱櫥櫃廁所無預警的造反。安妮的身分在阿嬤復發時收攏回一名印尼籍看護，她是影子似的輔具支撐阿嬤，是懷抱耶穌的聖母；安妮是一名好丈夫，與她共享一間臥室。

阿嬤試圖運用吃力又困難的新工具表達自己。她說臺語，像我們在陌生的國度開口說外語：尷尬、詞不達意、面紅耳赤。初抵外國，語言表達的失能，不僅使別人誤解我們，更反過來改變我們的性格，有一陣子我們任它擺布，語言像手捏著黏土任意地揉塑思考的形狀。阿嬤感到無力時（伴隨連續數日的嗜睡），就開始大肆攻擊安妮不標準的中文，呼嚕呼嚕聽攏無。（遇到更嚴重的指控，安妮百口莫辯，在「另一種語言」中，保持沉默。）阿嬤不信任安妮，雖然姑且與她「共事」（安妮仍是祕書、學徒、華生或桑丘），卻也時時刻刻監視她，當心中的小偷、害蟲和安妮的形象重疊在一起，阿嬤自雇為安妮的「看護」。

家裡的人也不信任安妮。這個部分我所知甚少，因為我從來不在家人的「討論群組」。他們不知道從小我就是竊聽專家，不特意也會（職業病地）蒐集資訊拼湊故事。線索都在席間的隻字片語、逸散門邊的悄悄話；他們說安妮並不如以為的那麼沉默。這些討論以臺語進行，仍然，這是同盟的語言……是嗎？我懷疑。

但各種說法並沒有停止，一年之後，沒大我幾歲的安妮被辭退了。

白天學注音符號，下午就教給阿公阿嬤。我唸一次他們複誦。阿公在嘴裡把玩「題目」，嘻嘻笑，課堂不了了之。阿嬤是好學生，她自豪自己的國語比其他老人，尤其是阿公，標準的多。

（過了時好時壞的幾年，一天晚上，阿嬤中風在家中跌倒，送進醫院加護病房，陷入昏迷。手機訊息中，爸媽已經在前往臺中的路上。阿嬤先前也跌倒過，休息一陣子復原了，因此我搭高鐵轉接駁車至醫院時，並沒有準備好接到阿嬤可能不會再回來的消息。）

我教阿嬤一句繞口令。我說「粉紅鳳凰飛」，她說「混紅闊黃灰」。是粉不是混，這是進階題，小不點的我安慰阿嬤。一來一往重複，需要不停熟練咒語。

（我到醫院時，媽媽哭了，之前我只看過她因為氣惱而哭；媽媽在拉著我陪她去買飲料時無助地哭出來。家族成員意見不合起爭執。我不知道接下來的幾小時內，會發生什麼、看見什麼。大家都在講話，但都不知道自己在說些什麼。我被暗示阿嬤……

探訪一次只允許兩個人進去，媽媽帶我到阿嬤的病床邊。她已經收起眼淚，看見阿嬤時，她露出某種驚奇的表情，就像床上躺著一名綠皮膚長手指的外星人。她彎腰對病床上的人正式而扭捏地介紹我。就在外星人又要變回阿嬤時，她趕緊要我對阿嬤說說話。）

我像隻隨時要鼓起來打架的河豚，我最怕她等著我說，把全場的焦點轉向我。是混不是粉。是灰不是飛。阿嬤。

「粉紅鳳凰飛！」

我們家不過耶誕節許多年了，那天不知道是怎麼回事，妹妹在晚飯中以幾乎要哭出來的聲音說：「晚上我們去買耶誕樹好不好？」我們目瞪口呆的看著她，對於這突如其來的流露束手無策，就像看著深藏不露的休火山，先是煙、然後亮橙色的岩漿覆蓋桌面，我本來以為那是眼淚（這是她十分擅長的技巧）。但她沒有流一滴眼淚。因此我們就像被燙到，一時卻又沒有意會過來。

當天爸爸就開車去大賣場載了一棵全新的耶誕樹回家。比以前的那棵更大，綠針葉中甚至裹了黃棕色的芯。妹妹或我成長過程中沒有請求過要為家裡添購什麼東西，一半由於教師家庭恰如其分的物質滿足，一半由於教師家庭恰如其分的欲望壓抑。有電視，有電腦，冷氣機自我有記憶以來就像一臺動力引擎轟響和室。老耶誕樹則是三十幾歲爸媽感覺時髦洋派的布置。因此當我和爸爸合力將樹扛上樓，放到客廳中央時，我們之間產生的某種團結感，既陌生又新鮮。

再一次，我們打開頂樓加蓋形成的儲物空間，拖下那只紅棕相間的格紋行李箱也不忘像小時候儀式性的高喊：「耶誕從屋頂上降臨！」（儘管是喊在心裡面），覆滿箱子的灰塵像我們未曾見過的白雪一樣飄散，容易過敏的妹妹躲得遠遠的還是打了個大噴嚏。行李箱裡面，是我們成長年代留下的寶貝。

裡面有，金門中山林撿拾的毬果。水晶球燈（那年我們沉迷於電視節目《水晶迷宮》）。掛在房間門口的襪子（我和妹妹各有一隻。媽媽趁我們入睡後塞入小卡片，但她可能也知道我們總要聽到她的拖鞋聲離開，才會放心進入夢鄉。）爸媽允許我們每年買一條新的金蔥，因此我們能排開這些火光燦爛的大小蛇作為定年標準。

餅乾鐵盒裡裝的是媽媽的寶貝：三名木頭小仙女，紅的、綠的和藍的，穿著也是木頭的蓬蓬裙。簡單又可親的樣子，圓圓的臉和手，讓人更容易想起麵包店的老闆娘，可是她們也有薄餅般脆弱的小翅膀，頭頂上戴著金線做的小光環。媽媽說過，它們是我

們的姨婆從巴西帶給她的禮物。巴西的耶誕節是夏天，但它們並沒有穿上比較清涼的衣物。仙女超越了氣候的規範。

仙女也超越了時間，連結起（彷彿也帶來）媽媽的少女時代，這對我與妹妹來說是如此不可思議，仙女因此成了我們家最具象徵性的飾品，也是裝飾聖誕樹永遠的最後步驟。妹妹訂婚的那天，在紅毯的中央，她牽著妹夫的手，感謝爸爸媽媽的養育之恩。她握著麥克風說了木頭小仙女的故事。當時的我高舉著手機替他們錄影。

十一月底是妹妹的生日，我們家的傳統，是在妹妹生日過後，就可以布置耶誕樹，耶誕節一早拆過禮物，也不必馬上就掃興地收起來，可以一路放到農曆新年的大掃除。

架起收束如掃帚的樹，為樹打開枝葉像蓬起來的孔雀，我們會在綠孔雀纏上燈飾與最新的金蔥，點綴那些我四處搜括而來「漂亮的小東西」，現在想起來，還真要感謝爸爸媽媽能夠欣賞我的古怪創意，它們不僅很難稱得上漂亮，有時候一點也不小。妹妹給了我自信，小時候的她是我最可靠的助手，毫不保留地追隨我的藝術家美感。

另一個耶誕節傳統是，媽媽、妹妹和我，我們一人要負責掛上一名仙女，並慎重許下新年的願望。那爸爸呢？我們派爸爸讓客廳陷入黑暗。聆聽許下願望後的無聲在黑暗中如此神聖。然後我們讓耶誕樹像火一樣亮起來！

等到白色的目眩消失，黃色、綠色、紫色的光點像蛾一般緩慢的飛行讓我再次一一看清楚爸爸、媽媽與妹妹的臉。我十分珍惜這個「再一次」的耶誕節。因為我們不可能還是二十年前那樣緊密的球，爸爸媽媽不是沒看見那些磨損，誰也不能說他們的選擇是一種自欺欺人，因為你需要更多的力氣，才能將之聚合在一起，讓它維持形狀，而就在你能夠了解、甚至感謝那些努力的時候，它會形成另一種更緊密的東西。那不止是血親，不止是朝夕相處。這本書獻給我的家人。

本書獲 110 年 國|藝|會 出版補助
NCAF

AK00355

科學家｜蓋玻片

作　　者 —— 陳柏煜
執行主編 —— 羅珊珊
校　　對 —— 陳柏煜、羅珊珊
美術設計 —— 吳睿哲
行銷企劃 —— 趙鴻祐

總 編 輯 —— 龔橞甄
董 事 長 —— 趙政岷
出 版 者 —— 時報文化出版企業股份有限公司
　　　　　　108019 台北市和平西路 3 段 240 號 4 樓
　　　　　　發行專線 ——（02）2306-6842
　　　　　　讀者服務專線 —— 0800-231-705・（02）2304-7103
　　　　　　讀者服務傳真 ——（02）2304-6858
　　　　　　郵撥 —— 19344724 時報文化出版公司
　　　　　　信箱 —— 10899 台北華江橋郵局第 99 信箱

時報悅讀網 —— http://www.readingtimes.com.tw
思潮線臉書 —— https://www.facebook.com/trendage/
時報出版愛讀者 —— http://www.facebook.com/readingtimes.fans
法律顧問 —— 理律法律事務所　陳長文律師、李念祖律師
印　　刷 —— 勁達印刷有限公司
初版一刷 —— 二〇二二年五月十三日
定　　價 —— 新台幣二五〇元
（缺頁或破損的書，請寄回更換）

時報文化出版公司成立於一九七五年，
一九九九年股票上櫃公開發行，二〇〇八年脫離中時集團非屬旺中，
以「尊重智慧與創意的文化事業」為信念。

ISBN 978-626-335-384-8
Printed in Taiwan

科學家：蓋玻片 / 陳柏煜著 . -- 初版 . -- 臺北市：
時報文化出版企業股份有限公司 , 2022.05
面； 公分
ISBN 978-626-335-384-8（平裝）

863.55   111006399